等你呼唤我的名字

[西班牙]
阿尔伯特·埃斯皮诺萨 / 著

马功勋 / 译

湖南文艺出版社
HUNAN LITERATURE AND ART PUBLISHING HOUSE
博集天卷
CS-BOOKY

献给那些依然渴望与众不同，

并与一切试图使我们碌碌无为的事物做斗争的人。

等你呼唤我的名字

目录

你以为你知晓一切的答案，
可当你来到这个世界后，
所有的问题都变了。

——豪尔赫·弗朗西斯科·平托《大师》

si tú me dices ven lo dejo todo···

pero dime ven

1. 如果你唤我，我会放下一切
……但你要开口

现在我回忆起她当时跟我说的那些话，仿佛就发生在今天：“难道你不想在生活的方方面面都感到快乐吗？难道你就必须接受那些不悦之事吗？难道你宁可放任自己的生活随波逐流也不愿意掌控它吗？”

我没有回答。

我只是喘着粗气，大量的空气在鼻腔内发出共鸣，我断了的牙齿在一个满含希望的微笑后露了出来。

我什么都没说，因为这些年来我已经慢慢接受了一件事——其实是生活在引领你，而不是你在引领生活……可悲的是，你最终会习惯它。

然后她接着说：“你有没有听过一首老歌，唱的是‘如果你唤我，我会放下一切’？”

我再次用沉默回答了她的问题。我一个字也说不出来，情感紧紧攫住了我，喉咙无法发出任何声音。

她继续说：“我一直觉得这首歌里缺点什么……应该是‘如果你唤我，我会放下一切……但你要开口’。”

最后她看着我，问出了这些年来我一直期待别人问我的三个问题：“你到底想不想掌控你的生活？想不想主宰你生命中的每个时刻？你想吗？”

我回答“是”，我用我四十年生命中最高亢有力的方式说出了那个字。

这个“是”与几小时前那个斩钉截铁的“不”形成了强烈的对比……

在我跟你们解释这个“是”之前，你们必须先弄清楚那个“不”，否则就会觉得一切都毫无意义。

所以，在认识这个改变我人生观和世界观的女人之前，你们有必要先了解一下几小时前发生的事。

现在，就让我们去了解这个“不”。

2. 要享受独自说出的“我爱你”不是件容易的事

几小时前我跟我女朋友吵了一架，其实这对我们来说已经见怪不怪了，最近我们经常争吵。

当然，如果有人看到当时的情景，还是会以为我们正处于决裂的边缘，不过这对我们来说简直是家常便饭。

那是早上七点半的时候，我想着天应该马上就要亮了，之后我们会像往常一样，聊上两个多小时，说不定还可以用最后的二十分钟来个美妙的鱼水之欢，可在这一切到来之前，我一直有种做梦般的奇怪感觉。

情侣之间有他们的习惯，也有他们的规则。

每对情侣无论是争吵、做爱、请求原谅或是为某事责怪对方，都有他们各自的规则。

但那一天，这种规则被打破了。没有两小时的甜言蜜语，也没有之后那二十分钟的交欢……我从她看我的眼神中发现……那是一种我不曾见过的、冷漠无情的眼神。

以前她跟我说话的时候都会一直看着我的眼睛，这是我为之疯狂的她的众多优点之一。可那天她没有继续发扬这种优点……我被无情的眼神伤得体无完肤。

她看上去马上就要说出几句类似“这样下去不行……我已经厌倦了争吵”或者“既然我们彼此相爱为什么还会变成这样”的话，然而，她只是盯着我看……

当她继续用那种奇怪的眼神看我的时候，我回想起几个月前看舞蹈演出时听到的几句歌词。

演出好像是为了缅怀弗雷迪·莫库里以及那些英年早逝的艺术家……也可能是为了其他事，我记不清了。

我不太喜欢看舞蹈演出，但是我非常喜欢舞者们随着音乐节奏而不断扭动的身体，也会被那些激动人心的歌词鼓舞。

有的时候，正如那天，我听到的那几句歌词就如同标枪一样直插我的心脏。

那天晚上，首席舞者一边做出不可思议的高难度伸展动作，一边慷慨激昂地唱道：“你们让我们相爱，而非争斗。我们听从了你们的吩咐，可为什么爱情却让我们之间燃起战火？”

想到那句话时我不禁笑了起来，可她还是直勾勾地盯着我，然后突然说："丹尼，我必须离开你。"

必须……必须……这种强迫感好像要直接把我刺穿。

我脑海里顿时浮现出这个词的英文含义。一直以来，我都认为MUST是一个雅词，因为不是所有的词都能把意思表达得如此明确，但当你使用MUST的时候，就一定会存在两个不同的对立面。

"你必须离开我吗？"我问她。

"我必须这样做。"

又是片刻的沉默。

我决定再坚持一下。

还有什么比用我们之间独有的方式说出"我爱你"更好的方法呢。其实每对情侣之间都有独一无二的表达爱的方式，而属于我们的那一种跟我们一起看过的第一部电影有关。早在那之前的几年，我就已经在我生命中的一个特殊时刻看了那部电影，所以后来我决定跟她一起分享它，也分享它对我的影响。

那是让-吕克·戈达尔导演的《筋疲力尽》。在那部影片中，贝尔蒙多的表演比任何时候都要出色。

我们最爱的场景发生在车上；在那组镜头中他们说了很多话，但我们只选了其中三句，并且一直以来都把这三句对白连起来说，从不停顿，就好像还原了当初听到时的那种震撼。

这就是我们之间说“我爱你”的方式，在争吵一触即发的紧张时刻，只要说出这三句话，一切问题都会迎刃而解。

我说第一句和第三句，她说第二句。有时我们也互换顺序，这取决于是谁想把对方拉回理智，重新带到相爱的轨道上。

这种神奇的方式发挥作用的关键是只能将其用于绝境。

我紧紧地盯着她，希望她能知道此时此刻就是“绝境”。

“没有你我无法生活。”我说话的时候，脸上尽可能做出让-保罗·贝尔蒙多的那种抽搐表情。

她看了我一眼，什么都没说。

我继续展开攻势：“没有你我无法生活。”

她又看了我一眼。

她先用眼神否定了我，接着摇了摇头，最后，她说出了那个我至今听到过的最坚决果断的“不”，从她发音的力度来看，我知道一切都结束了。

其实就算她不说出那个字，我也知道会是什么结果，她没有遵守游戏规则，就足以说明一切都结束了。

我想要试着抱抱她，这是我最后能做的了。我向她靠近，可我都还没碰到她，她就把我推开了。

我知道，哪怕她有十五个抛弃我的理由，可总有一个会凌驾于其他所有理由之上。正当我要问她那个理由的时候，我的工作电话响了，我只用那部电话处理一些棘手的案子。

我犹豫着是否要接电话，我很清楚现在不是时候，这是一触即发的紧张时刻……可不知为什么，我最后还是接通了。那个“喂”字一从我嘴里蹦出来，她就冲进了我们的房间。那一刻，我想起我割扁桃体时认识的那位导师给我的忠告。

我们只在故乡的那个医院里打过几次照面，但他却影响了我的一部分人生。我已经很久没有想起他了，很久很久了……可这个“不”字却一下子把我带回到他身边……我应该跟你们聊一聊他，因为如果你们不了解那个三十年前在他身旁的我，就不会知道我为什么变成了现在这样，也不会知道她为什么不想继续跟我在一起。

我要感谢马丁先生让我成为了现在的自己，但同时也要怪罪于他。然而，在重温往事之前，听着她跑进房间收拾东西发出的背景乐般的奇怪声响，我必须要说完那曾经象征“我爱你”的三句话。

“没有你我无法生活……”

“你当然可以……”

“我可以，但是我不想。”

我用柔和而甜蜜的方式悄声对自己说道……

但是要享受独自说出的“我爱你”不是件容易的事。

3. 无人等待的孤独

认识马丁先生的那年我十岁，那时我刚好要去医院切除扁桃体，而他马上就要失去一整片加一半的肺。

走进病房时我很害怕，但这一举动却使他坦然面对自己的恐惧。

“我本以为我是世界上恐惧感最深的人，没想到你的恐惧是我的三倍，这让我安心多了。”他十分严肃地对我说。

他身材魁梧，两米左右的个子，差不多一百五十公斤重。

跟他有关的一切都是巨大的，比如说，九十多岁的高龄和布满整张脸的银色胡须。

如果是在大街上碰到他，我一定会吓一跳。但是在医院里，看见那件病号服穿在他身上连屁股都遮不住，这让我觉得他绝不会伤害别人。

当时我的父母去办理我的住院手续了，我很庆幸马丁先生还不认识他们，因为那时我仍觉得他们让我蒙羞。

看起来能跟这个大个子抗衡的我的唯一盟友就是那个不怎么搭理我的护士了，无论从年龄还是体重来看，她都挺合乎标准。

但是我刚在床上躺稳，我的守护神就消失了。

如此一来，只剩下我和那个我生命中遇到的最与众不同的人一起分享空气。从来没有人从我身边偷走过如此多的氧气，也从来没有人和我的距离如此之近。

我们都沉默着。他一直在看我。

这种紧张的气氛大约持续了两分钟。他能嗅到我的恐惧，但是我感觉他不会袭击我。最后，这种气氛终于被打破。

“我叫马丁。你呢？”

他把手伸向我，我犹豫着要不要和他握手。

我父母曾经告诉过我绝不要跟不认识的人打招呼。但是，从理论上来讲，马丁也不算是陌生人，因为不出意外的话，接下来的三天里我都会跟他睡在一个房间。

真奇怪，他是一个必须马上变成熟人的陌生人。

“丹尼……”

我发出的声音如同窃窃私语一般，但我确定他听到了。

我用力地握了握他的手，他微笑着，没有用力回应，这个“壮举”让我觉得自己其实比他有劲儿。

我正要说些什么，一位看护人员走了进来，准备把他推进手术室。

这位护工跟他说话的时候声音很大，有些人就是喜欢这样对待老人，他们觉得能用说话声音的高低来控制生命的节奏。

“马丁先生，该去手术室了。您的陪床在哪儿？”马丁先生做手势让他小点声，那样子真是逗趣。

“我没有陪床。”他立刻回答道，没有一丝羞愧感。

“您做手术的时候就没有人在外面等您吗？”那个二十多岁的小伙子用粗鲁的语气重复自己的问题。

“如果手术失败，外面会有很多人等我，不然，就一个人都没有。”

现在轮到那名工作人员感到羞愧了。

“很抱歉。”他嘟囔道。

“不用道歉。我已经不属于这个时代，没人在身边也正常。”

沉默再次吞噬着我们三个。

我从来没有想过，有人做手术时，门外会没有人为他感到难过；也从来没有想过，万一手术延迟或者出现一些棘手的问题，医生会找不到任何需要安抚的人。

“他们要对您做什么呢？”我尽量模仿大人的语调问道。

他转过身来，再次直直地望着我。

“他们会给我留下半片肺，大小足够我呼吸。其实我这个年纪也不需要那么多，他们跟我说只要有四分之一片肺就能活下去，这样说来我还多出一些……”

我感到有些不安，我只是过来做扁桃体切除手术，都能得到父母、祖父母和哥哥的陪伴，而他将失去部分呼吸功能，却没有人陪在身边……

在那一刻，我发现世界其实是不公平的。而从那以后，我就成了这些不公平的见证者，直到我再也不想提起它们，直到我可以无动于衷地跟它们生活在一起。

“我会在外面等您。”我几乎还没反应过来自己说了什么，话就脱口而出了。

他第一次露出了微笑，笑容中包含了很大的快乐。他靠近我，给了我一个拥抱。透过拥抱，我感觉到了那个即将剥夺他呼吸功能的手术给他带来的所有恐惧。

“谢谢。”他低声说道，“在里面做手术的时候如果知道外面有个人正在等你，就会觉得充满希望。这很重要，它让我有那种为别人活下去的感觉……你知道吗，在剧院里，只有当观众数量至少与演员数量相当时人们才会开演。”

我摇了摇头。

“现在我可以演出了，因为我有了自己的观众，我会为你去演好它。”

他放开我，不再对我喃喃低语。

当护工把他推走，剩下我一个人的时候，我才明白自己肩负着巨大的责任。

他将会在手术室里度过大约八小时，我也已经下定决心表现得像他忠实的陪床。

一个九十多岁的男人成了一个十岁孩子肩负的责任。

当时，我觉得那是再普通不过的一件事……可此时此刻，我觉得很奇怪。

现在一切都变得不同，没有她，没有我们的爱情密码，我变得有点像孤儿。

我明白，你们想知道马丁先生是否带着他那半片肺下了手术台，但是我必须先跟你们讲我的那次旅行，讲那位认为有些爱情歌曲需要补上一句才完整的女士。

因此，让我们回到那通电话和那个他们想让我完成的新任务上来……

4. 有时候一对情侣承受的太多，连爱都无法化解

她在房间里收拾东西的同时，我就在客厅里打电话，真是一种超现实主义的场景。

渐渐地，她把随身物品塞进皮箱的声音盖过了我打电话的声音。我知道自己无论如何都会接下这个案子，因为我不想一个人待在我们刚刚吵过架的地方，更不想待在一个没有她的空房子里。

我知道在她离开以前我还可以挽回她，但是我们之间存在太多的问题，不可能用电影里的那种方式解决。

就算我现在冲进房间，看着她，把她的皮箱扔到一边，然后再给她几个热烈的吻也不见得会管用。

一点也不会管用，我很清楚。因为她想要我对她说的，我当时说不出来。

有时候一对情侣承受的太多，连爱都无法化解……爱都无法化解。

我在刚刚那张记录客户资料的纸上随手写下“爱都无法化解”这几个字。

让我诧异的是，大脑会无意识地命令手去写下心中所想，却不能命令嘴大声说出来。

有时候想法太过强烈，会使一个单纯的念头不断增强，最终深深地嵌在你心里。

我继续记录着工作信息。

像往常一样，我的委托人尽力让自己的声音听起来很平静，可实际上却惊恐至极。

那种恐惧的程度比马上就要切除扁桃体的孩子高出十五六倍——其实我一直在用这种初始恐惧来作为衡量纯粹恐惧的标准。

“孩子多大了？”我问道。

如果孩子的年龄小于十一岁，我绝不会接这个案子，这是我的原则。如果我对待生命中其他事情也像对工作这般清楚该有多好。

“他马上就十岁了。”电话中的男人回答道，声音微微颤抖。

尽管这个条件已经预示了结果，我还是继续问了下去，也许是因为自己不想挂断电话面对她吧。我需要时间来决定该怎么做，至少再多给我点时间……

“孩子什么时候失踪的？”

如果孩子失踪了两天或者两年，我也不会接，这是另一条原则。随着时间的流逝，我发现我只有在工作中坚守原则，在个人问题上却永远做不到。

“两天整。”

两项全中，这不是我该接的案子。我应该现实一点，在那个男人幻想我能帮他之前就跟他挑明。

“您报警吧。”我尽量让自己的声音严肃起来，“比起我，他们能给你更多的帮助。”

深深的沉默弥漫开来。

我连他的呼吸声都听不到。要知道，一个失踪两天的十岁儿童不仅会打乱你的整个生活，更会让你感到被人猛地掏空一般，如果这时你把找到孩子的希望寄托在一个人身上，就会期待他马上把孩子还给你。

这可不是在自作聪明。我非常了解寻找失踪青少年的一手消息，我就是吃这碗饭的。

刚开始的时候我根本没有什么经验，甚至还试图去找十岁以下的失踪儿童，但这让我付出了惨痛的代价。

我不知道我是从什么时候开始决定只寻找十岁以上的青少年的，也许这样做是为了避免那些无法承受的痛苦，又或者只是抵触……抵触生活中的一切。

我曾经想成为一名警察，去调查一些案件……尤其是追踪那些没有任何理由就离家出走的孩子。

选择投身于寻找失踪青少年，是因为我认为人们只有在那个时期才是最快乐的，而那也是我至今唯一能搞懂的时期，这就是我喜欢跟未成年人打交道的原因。

从理论上来讲，童年和青少年时期会持续到十八岁。

但我不这样认为。有很多人可以一直保持着童心，即使这会让另一些人感到厌烦。

可能让你们了解这些失踪儿童和我的工作的最好方式就是给你们讲讲我的童年，而这或许也是让你们了解我的最好方式。

我听到了关门声。

她走了。

弥漫在家中的孤独感一下子向我袭来，和电话那头男人持续的、暗含期望的沉默融合在一起。

两种完全不同的沉默，两种完全不同的音调，唯一的共同点是都充满了灰暗与痛苦。

我走进房间。

属于她的衣柜已经空空如也，这让我备受打击。我从来都没想过那几个空抽屉会比它们被装满的时候承载的东西还多，也没想过有人可以这么快就把自己的生活一股脑儿全塞进皮箱。

电话里的男人开始哀求。

我无法把视线从那些随意打开的抽屉上移开，它们就像是令人绝望的阶梯……

我来到她的床头柜旁。

我打开那两个通常都会塞满东西的抽屉。这里面的家什看起来都是那么微不足道，但是所有你能带到床头柜的东西都跨越了白昼，它们伴你上床，伴你入梦，伴你迎接夜晚，所以它们非常珍贵。

当我进入一个孩子的房间时，首先要做的就是检查他的床头柜，这样你就能知道什么是他们生命中最重要的东西，这里承载着他们的小世界。

可是属于她的一切都已不在了。

床头柜里什么都没有，两个抽屉空空的。

那个父亲一直在电话里说要给我增加酬劳。如果说至少有一点让我喜欢他的话，是因为有他在，我才不至于在面对如此庞大的空虚时太过失落。

“我会接这个案子。”我最后说道。

“谢谢，谢谢，谢谢……”他不断地重复着。

我不知道他说了多少句谢谢，只知道自己已经违背了原则，但是无所谓了，因为我确定自己今晚无法忍受再待在这个满是半开抽屉的家里。

一想到那场景我就感到恐怖，恐怖至极。

“您住哪里？”

这不是漫无目的地问问题，我只是单纯想知道这起失踪案件是不是发生在我居住的城市。我需要走远些，远到失恋的气息无法追上我。

“卡普里。”他回答道，“如果您需要，我可以在电邮中附上我儿子的一切信息。”

我已经不再听他说话，尽管我一直在回应。我告诉他我需要的资料：地址、联系方式，当然还有我的报酬和我需要的交通工具……但我已经意识不到他跟我说了些什么，我还没有从要去卡普里的消息中缓过神来。我曾经去过那里一次，那年我十三岁，那个岛拯救了我。

而现在我又要回到卡普里，恰好是我再次失去方向且倍感孤独的时候……这太不可思议了，每当我内心的岛屿坍塌时，那座小岛就会及时出现来拯救我。

我在卡普里度过了童年的最后时光，不过倒不是因为它我才成熟，而是我自己在某种程度上成长了……

好吧，我会跟你们讲讲卡普里……也会讲讲乔治，那个带我走出童年的人。

5. 当爱迪生呼出最后一口气时，灯泡会亮起

我第一次和最后一次去卡普里都在十三岁那年，而切除扁桃体已是三年前的事，说实话我并不怎么留恋它。

这三年来，我最大的改变就是多了出现在我一侧脸上的红色印记，它伴随着我的羞愧一起不断扩大。

有时候我觉得自己就像个没化完妆的小丑，而且说实话，我不是唯一这么想的人。

学校里有几个人管我叫侏儒小丑，他们说我是小丑，可又不算真正的小丑，因为我还差半边脸的妆。至于侏儒，我晚点再跟你们解释……

因为这个该死的外号，也因为他们总是企图用马克笔在我脸上补上几笔，我经常会跟那些侮辱我的人打架，但是由于我不够强壮、不够高也不会格斗，每次都打不赢他们。

很多时候我会鼻青脸肿地带着一张被画花了的脸回到家里，我的父母很难受，他们试着安慰我，可是他们和我一样……

现在的我觉得当时的自己很可笑，可那时我却不这样认为。流逝的光阴总会给原本戏剧般的情节增添滑稽的一笔。

终于有一天，当我带着一对青眼和断裂的肋骨回到家里的时候，我决定离家出走。

我恨学校里的生活。我的父母虽然能理解我，却帮不了我，因为他们连解决自己的问题都够呛，有机会我再跟你们说这件事。

我记得在父母出去旅行的那天，我往自己的小书包里塞满了必需品，决心到一个不会再被人打成青眼的地方。我相信这种地方是存在的，虽然我不是那么确定。

可是我没能走成，我出门的时候正好碰上了警察。我从来没有想过他们不但能察觉一个小家伙离家出走的计划，还会前来阻止他……但他们不是为我而来，而是为了我的父母，为了和他们有关的一条坏消息。

我的父母死在我要离家出走的那天……我永远都无法平复这件事带来的伤痛。

从那之后我就归我年满十八岁的哥哥管，但在学校里发生的事不仅没有因此好起来，反而每况愈下。我哥哥一直都是个浑蛋，当一个浑蛋做你父亲的时候，所有的事情都会变得更糟……

所以当我父母离世十个月之后，我决定再次离家出走。

这一次，没有警察出现在门外。

我知道自己要去哪里。我要去那个曾经有人对我说过的奇妙之地，那个因形状奇特而得名的岛屿——卡普里。

我花了好几天才来到那不勒斯，路上的艰辛我先省略。我在那里坐上了一条开往卡普里的船……就是在那条船上，我认识了乔治。

乔治那时大约六十三岁，力大无穷，而我则十分渴望赶快长到十四岁，好变得更加强壮。

我们之间隔着五十年的人生经历，有着不同的希冀与渴望。

我们两个待在船尾，彼此之间的距离不远也不近。我避免靠近任何人，只求在不出任何乱子的情况下到达那个奇妙的岛屿。

我感觉到乔治在观察我，我觉得在我上船的那一刻他就看出我是逃出来的，此后一直在监视我。

除了马丁先生，再没有人能够不用听我说话就洞察我的企图。

“离家出走吗？”他说话的音量足以让我听得很清楚，但他的视线却不曾离开那本他正在翻阅的、已经泛黄的书。

我吓了一跳。

我没想到他能如此迅速地了解我的世界。

我想要躲开那个读着书的同时还能读懂我的人，但似乎有种东西阻止我这样做。

我没有回答，他也不再追问……可是几秒钟之后他又对我说：“我叫乔治，我要去卡普里。你呢？”

虽然已经过去了那么多年，可直到现在，那句“不要与陌生人说话”的教导仍深深地嵌在我内心深处，让我很难与陌生人交谈。

但在当时，在那条载满陌生人的船上，我知道自己需要一个同盟。一个只有十三岁的男孩太惹眼，而跟一个大人待在一起则不会让人起疑心，于是我靠近了他。

“我叫丹尼，我也去卡普里……和大家一样……这很明显吧……”

他笑了一声，他的笑容轻描淡写，我很喜欢。

他朝我伸出手，我用力握了一下，他没有被我唬住，反而握得更加用力，力量大到我不得不放弃继续施压。我本想让他赶紧松手，可在这方面他的做法和马丁先生完全不同。

我在他身旁坐下，我需要让别人认为我是跟着一个大人一起出行，让人感觉我是他的儿子或者侄子。尽管如此，我和他之间依旧保持着几厘米的距离。

我注意到他看的是一本关于名人逸事的书。稀奇古怪的资料可以帮助我们从另外的角度了解他们的传奇人生。

我从他肩膀上面望过去。

“你感兴趣吗？”他问问题的时候眼睛也没离开书。

“看起来很有趣。”我回答道。

他一下子把书合上，然后递给我。

“给。”

“送给我吗？您已经看完了吗？”

“还没有，但我认为你能从里面得到更多东西，再说我现在要去做运动了。”他一边说着一边站起来。

“做运动？”

“是啊……做运动……你做什么运动吗？”

通常情况下，我所做的运动只限于在别人要揍我时逃跑。

忽然间，我发现那个男人拖着一条假腿，不仔细看几乎察觉不到，但细看之下两条腿的高度明显有所不同。他发现我在看他的腿，于是等着我问他一些关于假肢的问题，可是我没有这样做……我还不想和他成为知己……

“你说的是哪种运动？”我重新提起刚才的话题。

“普通的运动，锻炼身体、胳膊、脖子、腿。像我这种情况尤其得锻炼腿部……”

毫无疑问，他已经察觉到我毫不掩饰的、关注他缺陷的目光。我不喜欢他洞悉我的这种方式。

“那你要在船上做运动吗？”我避开他的圈套。

“还有什么地方能比得上这里呢？空气清新，有大海和大把的时间。你想跟我一起吗？如果你能控制好你的身体，说不定就不会逃走了。”

他比我自己都了解我。

他再次把书递给我……我接了过来。他开始朝着船头的方向走去，微微有点瘸。

我过了好一会儿才站起来，最后还是跟在他后面。

“最有意思的就是那篇讲爱迪生和灯泡的故事。”他头也不回地说道，“你知道他是谁吗？”

我急忙点点头，不希望他把我当成没文化的人。

“在离世前，他让他的儿子拿来一支试管，装下他呼出的最后一口气。”

“为什么？”我问道。

“因为爱迪生认为那是他的灵魂。”他看着我的眼睛说。

我的注意力完全被他吸引了。

“那他的儿子这样做了吗？”

“当然照做了。这家伙发明了灯泡，如果他说那里有他的灵魂，那他的灵魂就应该在那里。

“他的儿子耐心地守在床边，等父亲呼出最后一口气，便把它装了起来。”

接着是一阵沉默，我希望他继续讲下去。

“那么他的灵魂在那里吗？”我急切的样子就好像里面装的是我的生命一样。

“也许在，也许不在。你应该找个机会去看看那根试管，就陈列在密歇根博物馆里。”

我后来见过一次那根试管，我必须要说，他的儿子不该用试管，而应该用一个尾部破损的灯泡来装那最后一口气。

我敢保证，当爱迪生呼出最后一口气的同时，那个灯泡会亮起。

我们走到船头的时候，他在放行李的地方停了下来，直勾勾地望着我。

“准备好了解并控制你的身体了吗？”

在那条驶向卡普里的船上，我们看到太阳慢慢落下。那时的我还无法想象这个瘸了腿，但是会做运动、谈论灯泡和灵魂的男人将会教给我什么。虽然他知道我是个离家出走的孩子，但好像一点也不在意。

当你靠近卡普里的时候，一切都会变得可能……或许我会接这个案子也是出于这个原因……

我曾经迷失了自我，却在卡普里找了回来……而现在，有另一个不符合我所有查案规则的男孩在那个岛上失踪。

巧合是我的弱点，是生命中唯一一种可以颠覆我的原则的东西。

无须犹豫，我必须前往卡普里。

“我两小时就能到那不勒斯，你可以开车来接我，之后我们坐船去卡普里，这样可以吗？”我问那位父亲。

他再次向我表示诚挚的感谢，事实上要说谢谢的是我，是我想再回到那个岛上。

我知道我应该继续跟你们讲乔治，讲讲当他提出那个建议时我是如何回答的，可是在这之前我必须前往那不勒斯。

6. 因为走得太急
而忘记带走那个味道

往皮箱里塞了几样东西之后，我决定搭乘第一班飞机飞往那不勒斯。我知道自己是在逃避，但刚被人抛弃这件事占了上风，我不打算再去想它。这是幼稚的表现，可那个时候我刚好需要这样。

我又去卫生间拿了几样东西。

在那里，我发现了她遗忘的香水。

由于走得太急，她忘记带走她的味道，而只是“洗劫”了抽屉和床头柜。

我靠近那味道，仿佛她就在我身边……我还能感觉到她。我痛苦不堪，她走出我的生活还不到十分钟，我就已经开始想念她。毫无疑问，这次分手让人悲恸欲绝。

我知道，到了这一步，我应该坦白我们之间的问题了。现在时间刚好，如果我再不说的话，你们就不知道该站在谁那一边。

我们无须欺骗自己，一直以来都是这样，虽然不愿意承认，但是面对分手，我们都应该做出选择。无论是家人、朋友还是读者，都必须站好队才能感到安心。

她和我……该死，说起这事的时候怎么会那么难受……还有，我发现她的味道已经在卫生间里弥漫开来。我只是靠近那香味，就已经感受到了她的存在。

为了不在每天早上都闻到那种香味，我必须赶紧处理掉那一大瓶香水，应该把它倒进浴缸。

你们得明白，如果她的味道出现在我身上或是我的卫生间里，那将是折磨我的最残忍的方式。

最后，我打开坐便器的盖子——但我停了下来——我不能丢掉她的味道，这样做对她不公平。所以即使它令人作呕，我还是抢在第一滴香水洒出来之前停住了。

顷刻间……我想到了结它的最好方式，而且我不会因此感到内疚。

我把它放进了旅行包里。

我匆匆离开家，忘了锁门上的保险。不过我不在乎有人来偷东西，那个家里已经没什么值钱的了。

我飞快地跳上一辆出租车，它好像早就预料到我要出门一样，这种奇妙的同步一直让我感到不可思议。

我在车里静静地等待。

不需要交谈和音乐，从家到机场，我只想任由这几分钟的时间流逝。

只想任时光流逝……

这些年来我一直都不愿活在当下，但此刻我被迫活在当下，活在这种没有任何价值的当下。与之相反的是未来和逝去的光阴，它们才掌控着一切的关键，可以让我以没有痛苦的方式找回那个原本的自己。

我想我上一次不愿活在当下是在等待马丁先生下手术台的时候，那时的我只希望时光流逝，然后看到他做完手术回来。因为，就像我跟你们说过的那样，我是他的陪床，我很认真地对待这件事。

而出租车司机打破了我的当下：他打开了收音机。

一段哥伦比亚小调响起。我一直觉得这种类型的音乐过于悲伤，甚至比波莱罗舞曲还要糟糕。音乐大致讲述的是已经失去的爱情、不可能的爱情和没有未来的爱情，演唱者围绕这个主题歌唱，就像在歌唱某种美好的东西。

我恨哥伦比亚小调。那首名为“我曾经幻想”的曲子一点一点地撕扯着我，我想让司机关掉音乐，但这样一来我就必须跟他交谈，这是我最不愿意做的事情。除了必须要处理的事，我不想跟世界上任何人有过多的接触。

于是我决定让思绪逃回到小时候，那时的我正等待着一个将带着半片肺回来的陌生男人。

7. 表露你从未有过的激动是件有益的事

马丁先生进入手术室的时间是上午十一点。到了一点的时候，一个护士过来对我说手术很顺利，这让我安心了许多，如此一来离手术结束只有六小时了。

我的父母吃东西去了，房间里只剩下我一个人。我被马丁先生住的那个小隔间吸引了，感觉它在大声地“呼唤”我过去。

我想知道我焦急等待的那个身材高大的男人到底是谁，那是我人生中第一件想一探究竟的事。

那一次我要闯入的不是小孩子的房间，也不是青少年的房间，但是因翻找别人东西而分泌出的肾上腺素却同样强烈，这一点仿佛永远都不会改变。一旦这种翻找未知之物的强烈欲望钻进身体，我就会感到愉悦。

而且，我觉得这样做是对的，因为我等的人是他，所以最起码要了解他。

我打开他床头柜的抽屉，你们应该已经知道我对这种抽屉的看法了吧……抽屉里面有很多封信、一个小本子和许多一次性成像照片。对我来说，所有这些东西都好像来自另一个年代。

我看着那些照片，其中有很多张拍的都是灯塔。

大大小小不同尺寸的灯塔。但是，和你们想象的完全不同，那些照片都不是在陆地上拍摄的，里面甚至一丁点陆地都看不到。

照片是在船上或海面上拍摄的，因此经常可以看到桅杆、船头或者船尾，然后就是巨大的灯塔。另外，所有照片都是夜间抓拍的，拍摄时灯塔都处于活动状态。

可连一个人影都没有。

照片里不是灯塔和船的一部分……就是船和灯塔的一部分，加起来差不多有五百张，我一张一张仔细端详，反正有的是时间。

我看到其中一张照片背后有一排日期和一行字。那是一些与灯塔特征毫不相干的形容词，跟拍摄的时间、地点也完全没有任何关系……我几乎能肯定那些词是形容他的，是形容马丁先生的。

上面依次写着“悲伤的”“相爱的”“怀旧的”“不忠的”“疏远的”“孤独的”，以及让我感到震撼的“幸运的”……这样的照片有十到十二张。记忆中，这是我第一次看到有人把“幸运的”三个字写在纸上。在我的世界里，人人都是不幸的，根本没有谁会把它用黑色墨水写在纸上，让它成为永恒。

四小时后，护士再次过来对我说他们已经摘除了他的一整片肺。她说：“你的朋友是个幸运的人。”

我笑了，我料到会是这样，从他的随身物品中我能体会到那三个字……我知道他是一个绝不服输的战士，这一点从他的字迹就能看出来。

我的父亲一直叮嘱我字要写得好看些，这样当别人看到它们时便会认为你是个值得信赖的人。

我觉得我的字就很值得信赖，父亲也为此而骄傲。我不清楚他是否知道我以后将会靠翻找别人的东西来讨生活，不过那时就连我自己都不知道。

我还在抽屉里找到无数的信件。每一封信都写有一系列数字，一些让人搞不懂的数字，12、36、9、7、2，它们毫无规律地排列着。

每一封信里都有好几张写着这种数字的纸，之后，有两个巨大的数字出现在最后一张四开纸上，另外，每一个信封上面都写着一座城市的名字。

看起来像是一串密码，但那时我无法破译它，也许马丁先生是名间谍吧。我一直盯着最后的那两个用红笔写的，字迹让人产生信赖感的巨大数字。

我对那个陌生男人越来越着迷，我不想在还没了解他之前就失去他。

这个念头让我全身的汗毛都竖了起来。

对我来说，汗毛直竖并不是一件稀奇的事，为了让你们明白我为什么这样说，我得告诉你们，只要我愿意，我随时都可以让自己的汗毛竖起来，我妈妈也可以这样做。

小的时候，每当我跟妈妈说一些重要的事，或者给她看我在学校里完成的小制作时，她都会跟我说她身上的汗毛都竖起来了。

我相信那是事实，并且为拥有这样一位敏感的母亲而自豪。直到有一天，我的哥哥对我说，那是妈妈的一种特殊能力，我们也有这种能力。

我不相信，因为他的那种肯定带着侮辱的意味。我记得我当时想揍他，尽管我们一样高，可最后头着地的还是我，而他就骑在我的身上打我……

你们知道吗？也许是时候告诉你们我之前没有解释过的，可以让你们从根本上理解我的家庭以及我为何要逃跑的一些事。

我觉得应该在第一时间告诉你们……我的哥哥是个侏儒，我的父母和我也是侏儒。

是的，侏儒，礼貌点讲是小个子……对，正如你们想的那样。

一个十岁的孩子和一个侏儒之间的区别并不明显，基本上不会被人发现，虽然我认为马丁先生只要看我一眼就可以分辨出来。

但是从十三岁开始人们就能看出这两者间的区别，而这区别足以让我在小学里成为大家的笑柄……所有的一切都变了，学校里的生活变得让人无法忍受。“矮个子小丑”，他们总是这样谈论着我脸上的红色印记，但更多时候还是嘲笑我的身材……

我的父母自始至终都没有因身材矮小而相处得不融洽，相反，这种缺陷让他们走到了一起，爱让他们变得高大。而我的哥哥却用成为浑蛋的方式来克服这种缺陷，身材矮小成了他坏脾气的“通行证”。

至于我，十三岁的我，仍渴望能再长高一些。和我同龄的孩子们只比我高出五厘米，也许我只是一个在那个年龄段不高的孩子，然后会在之后的某一天突然长得很高。

记得有一天，我答应母亲说我会再长高一点。而她像往常一样，激动地竖起了汗毛。直到现在我都希望那种感觉不是她装出来的，我需要相信这一点。那种母性的激动是我这些年来的动力……长得高一点……我想为我的母亲而长高一点。

她教育我身为一个侏儒没什么可羞愧和伤心的，但是她也一直期盼着我能长高些，这两种想法其实是可以共存的。她对我说，她从怀上我的那一刻起就觉得我很沉，觉得我像个巨人。她是如此温柔、如此骄傲地对我解释这一切。

她一直对我说，一个侏儒母亲可以毫不羞愧地期待自己的孩子是一个庞然大物，其他和她有同样遭遇的母亲也会这样想。同理，一个高个子母亲想要一个小个子做她的孩子也有她的理由。

我喜欢她对其他人的那种称呼：庞然大物。

当我们单独待在一起的时候，她一直会喊我“我的小巨人”，这称呼一直折磨着我的哥哥。

有一次，哥哥用他那双小手抓住我的头，把我摁在地板上。在那时他告诉我，只要他愿意，他也可以让自己的汗毛竖起来，几分钟之后他果然做到了。

“你看到我揍你的时候有多么激动了吧，小巨人？”他一边说着一边把我的头撞向地砖。

接着他笑起来。

我又生气又伤心，原来我的母亲欺骗了我这么多年。

我决定试试自己是否也有这种才能。

几秒钟之后，我惊讶地发现自己可以让身上的汗毛全部竖起来，太不可思议了，原来我也有这种超能力。

那时的我不知道这种能力能否在未来派上用场，但我一定会好好利用它。

在这个世界上，表露你从未有过的激动是件有益的事。

尽管那时候我并没有看重这种激动。

哥哥放开我的那一刹那，我马上跑去了母亲那里。在那个时期我和母亲是同等身高的小矮人，所以我们用“你”来相互称呼，这在母亲和孩子之间是相当奇怪的事。我也不知道为什么，但总觉得母亲应该更高一点，那样才会让人感到安全。

我把一切都告诉了她。

我因为她装作激动而竖起汗毛感到失望。整个过程中她都没有回答我的任何问题，可当我停止对她叫喊时，她却一下子哭了出来。

那是我第一次看到她哭，而我应该为那些泪水负责。

有那么一瞬间我甚至怀疑她眼泪的真实性，或许这是我未曾了解的她的另外一种超能力。但是当她的情感迅速感染了我时，我便不再怀疑。

“丹尼，”她抽噎着对我说，“人具备某种能力并不意味着一定要使用它，我从来都没有这样做过。你所做的一切我都会为之激动，只要是你做的。你是我生命中最宝贵的小巨人。”

我没听进去，那些话在我身上起了反作用。我不再相信我会长高，之后我第一次决定离家出走。

那次争吵过后的第二天我就失去了她。在让她哭泣之后，她和我的父亲一同死在了那辆该死的汽车里，死在那起愚蠢的交通事故中。到现在我都还记得那个警察，和他嘴里发出的企图表达痛苦的声音。我立刻就察觉到他只不过是在尽自己的本分，用一场新的表演来安慰一个新的孤儿。

从那天起我开始讨厌汽车，讨厌酒后驾车的人，讨厌违反最高限速的人，特别是那些说自己心里有数的人……他们无法控制自己，有时还会因为无法控制的举动而把伤痛带给另一个家庭。

我不止一次在生活中跟那些不遵守交通规则的人发生争吵。

他们认为自己完美无缺，而实际上不过是一坨屎。

就是因为有人不遵守交通规则才断送了我父母的生命，我无法容忍任何一个人有这种自负心理。

最让人难以接受的是葬礼上那两口小棺材……

我记得灵堂隔壁的人以为我们要为两个孩子举行葬礼。他们议论说，对一位父亲而言，失去两个孩子是多么大的打击，那话让我当场崩溃了。

我冲到其中一个自命不凡的人面前对他说："那两个'孩子'是我的父母，谁也到达不了他们的高度。"

我知道我一谈起这件事就无法控制自己的情绪，即使已经过去了这么多年，它依然让我很难受。我一直觉得这是我生命中一道永远都无法愈合的伤疤……永远无法愈合……

但还是让我们回到医院，这才是我要跟你们讲述的历史。

让我们回到那个我永远都不曾跟马丁先生共享的房间。

我记得刚才正在讲他是如何记录自己的情感的。

我在那个床头柜里找到的唯一物品是一个中间嵌有玻璃的类似单目镜的东西，但与其他单目镜不同的是，它的镜片是黑色的，边上还有一个灯塔形状的金属小把手，就好像一个银色的灯塔嵌在了单目镜上一般，奇怪极了。两个物体紧紧挨在一起，好像从未分开过。

它看起来像是拥有魔力。

我把它靠近左眼，希望体会到一些非凡的感受，但我什么都没感觉到，只是觉得房间变暗了一些……正好在那个黑暗的瞬间，护士出现了。

她的脸上透着伤心，透着要给人带来坏消息的预兆。也许这一切都是那个带来黑暗的奇怪玩意儿造成的。

“丹尼，手术出现了问题。马丁先生在加护病房，他想见见你。”

我没有做出反应，甚至没有取下那个奇怪的目镜，我做不到。我感觉身边的一切都是黑色的，整个世界变得黯淡无光。我不想回到现实中，我不想做陪床。

从头到尾，我都认为这一切是虚构的，是一个十岁的孩子照看九十多岁老头的游戏。我从未真的想过要为他守灵。

“29.35欧元。”那个把我送到机场的出租车司机打断了我孩童时代的痛苦回忆。

你们不必担心，我还会回到那个时候。

记忆这种东西最大的好处，就是你可以想什么时候回去就什么时候回去，任何人都无法偷走它或者阻止你去想它。

不过让我震撼的是，每次你回去的时候，记忆总是有所不同。

倘若回忆有所不同，最后你也会变得不同，因为记忆深处有你的根，当你的根发生变化时，你的躯体也会跟着改变……

8. 喜欢是现在时，爱是过去时

我从来都不喜欢机场，因为总是要通过太多道关卡才能享受旅行。

安检，行李托运，还有害怕行李丢失的那种快要泛滥到极限的恐惧。

我曾经读过一个研究报告，说一个人从进入机场的那一刻起，心脏就开始加速跳动。

导致心跳加速的原因有：急急忙忙地想找到托运行李的地方；为想要托运的东西办理手续；根本无须托运任何东西的时候，他们却逼你全部托运；想得到一个理想的座位；想快点过安检；想快点登机；想把随身行李塞进储物柜而不是被扔进储藏室；飞机起飞和遇到气流时的紧张；飞机着陆时的恐惧；想快点

⚓ “对我来说你不是个孩子，你是一种能量，一种此时此刻还不稳定的能量。”

“这些强大的能量就隐藏在身体、语言、爱情和愿望的背后。”

下飞机；想找到行李传送带；想离开机场；想到达目的地。

最不可思议的是，研究报告中说只有当我们在飞机上，并且把随身行李放进飞机储物柜里的时候，我们的心跳才不会如此波动。更重要的一点是，只有当物品在离我们很近的地方时人们才觉得安全，所以最理想的方式就是把它们放在头顶。

人类就是这么奇怪和复杂。

而我，此刻正带着加速跳动的心脏站在安检口旁。

我感觉我从未如此激动过。我特别迫切地希望他们扣住我的行李，然后对我说飞机上不允许带那么大瓶的香水，因为有规定……

就像我跟你们说过的那样，我无法毁掉她的味道，但是我可以把它放进皮箱里，然后让别人没收并销毁它，这种处理问题的方式在我的“分手后原则”中是被允许的。

我知道这是胆小鬼行为，可是这至少能让我觉得不是我亲手毁掉了她的味道。

在我把行李放上传送带之前，我想着这些有关液体不能带上飞机的安全规定终于有了一次意义，也许它能给那些心碎的人一次康复的机会。

我把那个装有她味道的行李放上传送带，然后看着它慢慢进入X光的照射范围。

我有一种感觉，安检员从屏幕上看到的不只是一瓶香水，还有我的生活，我破裂的关系，以及我和她之间的所有问题。

而其中很多都是由我引起的……我还没来得及跟你们说我们做情侣的时候出现的问题，这点我没忘……

我不知道该从哪里说起……其实我是这部电影里的坏人，所以你们别指望我说我要这样做可是她却那样做……

她……她……她一直都是爱我的。

有一次，马丁先生在医院里对我说，爱就是极致的喜欢。“如果你喜欢到极点，那就是爱，爱是至高无上的，是不由自主的，你无须再去寻找……”

但乔治，就是我在去往卡普里的船上偶然遇到的那个伙伴，他却说爱是记得你曾经爱过和被爱过，只发生在过去。

对乔治来说……爱情只存在于过去。我爱过……

喜欢是现在时，而爱是过去时。

乔治……马丁先生……我曾经多么努力地想要学会他们教给我的东西，却始终无法搞懂，也不知该如何搞懂……

当皮箱慢慢进入安检设施的时候，我又回想起那个健壮的男人是怎样帮助了一个离家出走的孩子。

事实上，当我在开往卡普里的那条船上遇见他的时候，我就如同现在那个正在过安检的皮箱一样。

我试图欺骗他，试图让他觉得我不是离家出走，而是一个人旅行，但他知道其实不是那么回事。

他和安检设备一样，也有一个探测“雷达”，用来监测我的内心活动，了解我藏了些什么秘密，有哪些隐藏动机。他能察觉到我的气味……察觉到我的恐惧和我失去的一切，却永远不会没收它们。他对我放行，他知道我需要那场旅行。

我记得当我们来到船上那个可以做运动的地方时，乔治对我说了一句我永远都不会忘记的话：“最好是在年幼时迷失了自己……因为如果你在年幼时迷失……”

9. 如果你在年幼时迷失，长大后就不会重蹈覆辙

“……长大后就不会重蹈覆辙。”接着，他朝我眨了眨眼。

可是乔治怎么知道我迷失了呢？

我没有回答他，什么也没说。

他看了我一眼，然后询问我的年龄。我发现他了解我的一部分事情，了解我身为侏儒的世界，我觉得他通过我的回答就能发现我在撒谎，发现我是逃出来的，发现我的恐惧……

我对他说了谎，我说我快十五岁了。我知道他不相信我，但是我不想告诉他我才十三岁，告诉他我是个侏儒，告诉他我觉得自己在这个世界上非常孤独。我也不想跟他解释我父母的死，不想说我的监护人是我恨之入骨的哥哥。

我那哥哥，随着时间的推移，变得越来越容易发脾气。尽管我的脾气也不是很好，但父母去世带给我的痛苦超越了一切。

我和哥哥每天都会吵架。每次我看见他的时候，都会想起曾经对母亲做出的长高的承诺，我恨自己是个侏儒，我讨厌成为小个子，讨厌看到镜子里的奇怪面孔。

其实那时候的我，与其说是侏儒，更像一个孩子。在十三岁那个年纪，仍有一些未完全发育的孩子，但是他们在十四岁那年会突然长得很高。当然，也有一些长得像长颈鹿的孩子，之后一直都是那么高。

我知道如果我在一年内还是无法迅速长高，那么在那个年龄段我就是矮子。从官方的角度来说，我可能会成为一个侏儒。

医生们说一切皆有可能，说我的遗传基因对他们来说是一个谜，正如我母亲所言，我可能变成一个侏儒，也可能长成大个子。

十四岁是一个坎儿。到了十四岁就不再有回头路，也就是说那时的我会停止生长。也许正是因为这样，我才跟乔治说我已经十五岁了，想把自己置于一个一切都已经结束的年龄。

至于离家出走，我骗他是因为那时要解释其中的原因对我来说实在太痛苦了。

原因之一是我在学校遭受的欺凌，另外就是我父母的死，其实最重要的还是因为我是个小矮子，并且被一个完全没有亲情概念的哥哥照顾着，关于这一点，等我有勇气的时候会解释给你们听。

我必须跟你们坦白的是……我很怕变成侏儒……

我想……变得高大而健壮……我渴望长高。

这些东西很难用文字去解释，但是如果你知道自己永远都不会再长高，知道随着时间的推移，你在墙上的刻度一直都原地踏步，也许就能想象对一个孩子来说这有多么恐怖，对一个大人来说又有多么难以忍受。

但是这一点在一定程度上又跟身为小矮子没有关系，因为我的父母一直都觉得那是他们的骄傲，他们从来都没有因此而羞愧过。

同样，我也在以我的方式接受自己是侏儒的事实。从五岁开始，我就意识到自己是这个与众不同的家庭中的一员。我们的家庭成员其实也和别人家一样，只不过是袖珍型的。我哥哥矮，我父母矮，我就更不用说了……

我们甚至还买了一只迷你香肠狗，一切都符合我们的尺寸……

但是父母去世之后我急需改变，我想脱离矮人的世界，让自己变成从未成为过的那种人。

长高意味着远离痛苦……长高让一切都变得可以承受，因为这意味着我将远离他们，也就更容易忘记他们的死，忘记他们的葬礼，忘记因失去他们而造成的遗憾。

乔治去存放行李的地方找东西。他让我觉得，所有那些因我的年龄而产生的想法都离他十分遥远，或者他已经想象到这些问题对我造成的影响，他只是在给我时间去消化它们。

几分钟后，他拖着一个红色的拳击袋回来，然后把它挂到一个钩子上，在这之前，那钩子仿佛一直都没有找到它的真正用途，或者说它的命运就是等待吧。

让我感到奇怪的是，他一个人居然能把如此巨大的口袋带到船上来。我无法、也不愿去想它到底有多重，但是在我看来，它应该超过一吨重。

“您把这个拳击口袋当作随身行李吗？”我问道。

“它不是个口袋，它是我生命的一部分，就像我的孩子，可以跟着我到任何地方。”

“您把口袋当作您的孩子？”我笑了起来，我已经很久没笑过了。我忘记了笑。对于任何年龄的人来说，这种遗忘都是不可原谅的，对于童年时期的我，这种遗忘是死罪。

“你不喜欢别人嘲笑你，对吗？”他十分严肃地说。“对吗？”他重复道。

“对，我不喜欢。”我承认。他们对我的嘲笑已经够多了。

“我也不喜欢。”他正色道，“这个口袋是我最大的财富。没有人能像它那样忍受拳打脚踢，所有因愤怒、悲惨遭遇或者其他问题而让你对它打出的勾拳，它都会吸收，会体谅，然后让你感觉好些。”

一阵微风轻轻地拍打着我的脸颊，大海的味道让我记起自己身在何处。

我无法把视线从那个奇妙的口袋上移开，而乔治也这样望着我。

“它真的能解决所有问题吗？”我问道。

“会的。你有很多问题吗？”

“有一些。”我严肃地回答。

我感激他没有嘲笑我，而是直勾勾地看着我，然后重新对我展开攻势。

“你多大了？”他再次问我。

他没有相信我的谎言。由于这问题会牵扯到很多东西，所以我还不想回答他，但我此时需要相信某个人。

“十三岁。”

“一个十三岁的孩子要离家出走，需要巨大的勇气。”

他用尊重的眼神望着我，然后继续说：“如果这个年纪的孩子不得不为了生存……为了长大而离家出走的话……你的问题是不是跟这件事有关系呢？”

我点了点头，但不想交代细节。他的那句“为了长大”直抵我心……我知道他说的“长大”是委婉的表达，但他还是一击即中。

“去揍那个口袋。”他对我说，“你会感觉好些……会感觉好得不得了。”

就在我马上要带着愤怒击打那个口袋时，我看了他一眼，然后问了几分钟前就一直想问却又十分犹豫的问题。

“你不害怕别人看见你跟一个孩子待在一起吗？”

“害怕别人看见我跟一个孩子待在一起？”他重复道，“你击打口袋的力量会大到让我觉得跟你站在一起是件恐怖的事吗？”

他微笑着，我也是。他的回答充满智慧。

“您知道我的意思。在船上的人都能察觉出我是一个人，另外，还是个小矮子，看起来八九岁的样子。之后您把我带到船的另一头，不断对我讲话。”我的攻势也十分明晰。

“对我来说你不是个孩子，你是一种能量。”他回答道，“一种此时此刻还不稳定的能量。”

乔治的话让我想起马丁先生。在那所医院里，马丁先生是个虚弱的、将不久于人世的人，而乔治却是个身体强健、正要坐船前往卡普里的人。但是他们俩都拥有同样的力量，好像能构成我世界的一部分。他们跟我说话时，总能抓住我的心理并让我对他们所说的事感兴趣。

我一直都在寻找这样的人，可极少有人能够在我的世界中做到这些。

尽管我当时还没意识到，但就在那时，在那艘船上，我学到了从未学过的，最重要的一课。

等等，我要更正一下……那位女士对我说的那句“如果你唤我……”可能会超越这一课，但是我们无法把人生中学到的课程按等级排序，十三岁的你用的是这样一种“消化”方式，四十岁的你用的方式将会大不相同……

让我们先回到那一刻，回到乔治跟我讲他奇特的理论的时候……

就像生活中经常会发生的情况一样，那时的我并不觉得他所说的多么有价值，而现在我才明白其中的意思。我竟然能无视他的话生活了这么多年。

“我们都是能量。”他说话的时候手扶着口袋，一动不动，等待我出手，“能量是我在这个世界上所看到的东西。

“能量，当你看到它时，当你倾听它时，当你想要得到它时，当你发现你爱上它时，你的身体里会充满能量……

“那是一种可以让你找到自我之路的能量。

“能量无法伪装，它只展示它独有的形态。它可以让你看到未来，也可以让你回到童年和少年。

“我寻找的是能量，所以我不在乎年龄、性别和外貌。

“这些强大的能量就隐藏在身体、语言、爱情和愿望的背后。

“我们是能量猎人，丹尼。而做运动，强身健体，能帮助你成为最好的能量猎人。

“把你的身体和能量融为一体，这样，你就能引导自己到其他你需要的能量那里去。

“你知道要找到多少能量才能拼凑出完整的人生吗？”

我几乎没听懂，但我摇摇头，希望他继续说下去。

“能对你产生影响的能量只要四种就足够了。”

他看着我的眼睛。

“去打它，带着怒火打它。把你的问题转化为拳头，然后击中那个口袋。我向你保证，它会表现得很友好。”

我想着我那个浑蛋哥哥，想着他对我做过的糟糕的一切。我希望自己能积攒足够的力量，好找个时候跟你们聊一聊他……

同时我也想着父母的死，想着我是多么需要他们……想着我对他们说过我会长高……想着自己没有本事去做到这些……想着我虽然害怕，但依然要去一个不认识的地方……

当我用尽全力挥舞拳头的时候，我把所有问题和顾虑都化为速度，尽力扩大挥舞的范围。

最后一刻，我在拳头里注入了孤独、痛苦和残缺的爱。

所有这一切都使得口袋所承受的冲击力变得异常粗暴。我可以确定，在我遭受到的所有击打中，从来没有哪一次掺杂过种类如此繁多的问题。

我以为自己或许会弄断几根手指，却发现那个口袋吸收了我所有的击打，我那短小的、皮包骨头的手就这样陷入了松软的帆布里。

我感觉到一种奇怪的快乐。

痛苦就这样变成了快乐。我笑了。

“你晚上有地方落脚吗？”他用眼神扫了一下我们即将驶入的卡普里港口，然后对我说。

我摇摇头。

“你想住家里吗？”他问我。

我喜欢他说家的时候去掉那个“我”字，就好像说的是我们的家一样。我点头的时候已经不再害怕。

我揍了那个口袋四次，然后又是四次。就这样一共击打了二十次，然后又是二十次，接着是四十次……

我觉得我一共打了两百多记勾拳。慢慢地，我感觉好多了。尽管我每次出手都比上一次更加用力，但那个奇怪的口袋吸收了我所有的愤怒，然后把快乐和舒适感返还给我。

怒火被吸收了。

此刻，我希望自己能拥有那个口袋，我需要借助它释放若干怒火，若干问题……

10. 红色手帕遮住了深紫色手帕

我真希望自己能拥有那个口袋……一位安检人员叫了我一声。

我如释重负地笑了笑。我觉得我应该是第一个因为在机场引起了安检人员的注意而感到开心的人。

“这是你的行李吗？”

“是的。”我回答时带着期望。

“您携带了违禁品。”他肯定地说。

“是吗？”我尽量让自己看起来很惊讶。

不知道为什么，我喜欢在这一刻表现得戏剧化一些。他打开我的行李，而我的快乐在延续，我是多么渴望把自己从那种味道中解放出来……

“您笑什么？”穿制服的男人充满戒心地问道。

“没什么。”我回答，“我笑我自己的事。”

他毫无顾虑地把手伸进我的行李，翻查衣物的时候没有一丝同情心。

我平静地呼吸着。如果他没收了那瓶香水，我就可以集中精力做事。我需要调整一下自己……

即使这件事对我来说很痛苦……因为如果失去那种味道，就等于第二次失去她。

在他翻查我行李的时候，我下意识地掏出手机，希望看到她发来的短信，看到某些还来得及挽救我们之间关系的东西。

可手机里没有她发来的任何信息。

我的心像是被扎了一下。分手时发生的最糟糕的事情就是，如果几小时后仍没有任何后悔的征兆，那么一切都将彻底结束。

“您不能带这个上飞机。”

他从我的皮箱里取出那个嵌有银色灯塔的单目镜。那是我最宝贵的财产。

我希望他能再拿出一些别的东西，但是他关上了皮箱。他怎么可能看不到那个装满香水的瓶子？

红色手帕怎么能遮住深紫色手帕？

那个男人把我的金属灯塔单目镜拿在手中，用愤怒的眼神望着我，好像找到的是一把带有珍珠母涂层手柄的左轮手枪。

“这只是一个带有灯塔的单目镜，它是无害的。”我解释道，“无论是灯塔还是单目镜都无法伤人。”

“如果取出镜片就会划伤人。”他一边说一边摸着尾部。

“那如果在里面装上子弹就可以变成一把冲锋枪了……”我压低了声音回答。

他看了我一眼，脸色沉下来，我觉得他没明白我是在讽刺他。跟这种人打交道时，你能做的最糟糕的事就是嘲笑他们，因为这样一来，他们就会把自己最浑蛋的一面展现出来。

“我必须没收它。”他的语气中带着权威和不快。

听了这话，想到自己马上就要失去它，我释放出了最野蛮的一面。每个人身体里都存在着两极，生气的时候我会失控，就好像身体里有某样东西被激活了，在我完全说出我的想法之前，它绝不会停下来。

而激活我的不仅仅是不公平与他人的伤痛，还有我自己的痛，以及别人对我的侮辱和不理解。

当我被激活时，我的眼神会告诉你我能做出绝对疯狂的事，我的声调也会升高一个或两个音阶，直到我说完才会平静下来。

除了发泄以外，在这种状态下所做的事一定不会达到我要的结果。

我知道自己可以改正，但它是我性格中的一部分，能保证我的平衡。

我失控了，我开始冲着那个家伙吼叫，试图让他明白那个灯塔单目镜是我生活中不可失去的礼物。我对他说我一直都带着它，它给我安全感，拿世界上任何一样东西来换我都不会抛弃它……所有这些话，我都用能想到的最低劣的、掺杂着辱骂的方式一股脑儿说了出来。

我要对你们坦言，说出这些话的人已经不再是我，而是那个十岁的、等待马丁先生做完手术的小孩子。他所得到的只有情感的补偿和一架金属灯塔单目镜，那是他最后的礼物。我曾承诺过永远都不会失去它，永远都会保护它。

跟马丁先生待在一起的最后几小时已经成了我基因的一部分……虽然我那时还小，但他是第一个把我当成大人的人。

我一直相信生命中会有一些人，他们爱你，给你养分，而当你失去他们时，没有任何人能填补那块空白。

年幼时的我不仅失去了父母，也被剥夺了那些没有任何目的，纯粹是想要了解我、我的世界，以及我生活中的琐事的关怀。

当女友的母亲打电话给她并问她有没有准备好过冬的衣服时，我是那样嫉妒……

我希望我的世界里也有这样一个人……一个母亲或者父亲，他能打电话问我周末要去哪里吃饭，问我过得好不好，问我是否快乐，问我是否有足够的袜子，问我是否决定要跟那个姑娘在一起，问我是否会跟她生孩子，打算什么时候生以及怎么教育他们。

但我的父母就这样走了，所以也没有人问我这些问题。我的哥哥可以代替他们，可我们已经有将近十年没说过话了……我长高的那几厘米把我们分隔开了。即便隔开我们的并不仅仅是那几厘米，还有是否成为了父母的骄傲。他永远都不会懂，其实想要长高与骄傲一点关系都没有，重要的是我做到了曾经对他们做出的承诺，无论他们是否在我身边。

而失去马丁先生也让我失去了很多……我的一部分童年，还有那种认为死亡永远是发生在别人身上而跟我没有半点关系的信念，也都随它而去。当时的我错得有多离谱……当我继续冲那个安检人员咆哮的时候，我的手机响了起来……那个住在卡普里的紧张的父亲和他的儿子需要我，可我只想着马丁先生和怎么才能要回我的灯塔……

一个迷失的孩子和一个即将失去的灯塔……

11. 他们是我的一部分……是我目光的映射

我慢慢地走进加护病房，发现所有人都因我的微弱存在而转过头来。

我很害怕，我知道作为一个陪床，我必须跟他在一起，但是这件事让我感到恐惧。我住进那家医院只是为了切除扁桃体，从理论上来讲，我的旅程应该很快结束，而加护病房可不在我的日程之内。

病房里的其他病人不停地望向我。虽然在那个时候，一个侏儒和一个孩子几乎没有什么区别，但我还是觉得他们提前察觉到了我的不同之处。

那个到我房间叫我的护士走在前面，我跟在她后面，感觉就像急于被人带到一个传唤者的面前。

从那刻起，我决定低下头。因为在那个混有叫声、鼾声和无声痛苦的地方，我不想看见他们中的任何一个人。

加护病房以及他们发出的三种不同声音让我的汗毛都竖了起来。虽然当时的我还不知道自己有这种才能，但我记得汗毛真的竖了起来。

走到房间的尽头时，我看见了他。

虽然只过了五小时，可我感觉他好像老了五岁。

他裸露的缠满纱布的躯体露在外面，身上连着一根呼吸导管。

除此之外，还有十几根电线从他的身体里导出，仿佛是被取出的一部分。

“你坐在他旁边，我马上就回来。”护士说着递给我一个小木凳。

我拿着木凳，慢慢靠近他的床。在另一张床上，摆放着所有能在他抽屉里找到的东西：带有灯塔的照片，数字列表，那个奇怪的一半是灯塔一半是单目镜的简陋装置。

他的呼吸很有力，好像有四个人在同时吸气。

他的眼睛微闭，我猜可能是受了麻醉药的影响。

他是我认识的马丁先生，但是好像冬眠了……就像一只被人无情地射杀了无数次的动物一样。

我没有立即坐到他身边，我一只手拿着小木凳，另一只手抚摸着隔壁床上放着的他的东西。

我觉得我是那间加护病房的闯入者，所以害怕坐在他的身边。

我感觉自己正在侵占那个能看透我的人的领土，试图理解他的世界，好在这危急关头能够靠他近一些。

可是那里没有其他人，他说过，这些人在他的世界中已经不复存在。

我又犹豫了一下，最后还是决定坐到他的身旁。

我把板凳慢慢放在与他注射的血清一般高的位置，虽然我认为最好的位置其实是挂血清的扇形架下面。

我把那些信、照片和那个奇怪的物体放在床边的一张小桌上，想到这些东西是从另一张桌子移到这张桌子上的，我就觉得有些奇怪。

马丁先生还是闭着双眼。他的左手离我很近，手指微微分开。

我让自己的手靠近他的手，但没有碰到它，在离他半厘米的时候我停了下来。

虽然他正处在死亡边缘，但是我还没有和他熟到要去握他的手。

这个念头在我的脑海中一闪而过，而事实上却足够强烈，因为与此同时我听到……

“你害怕握住濒死之人的手，对吗？”

我吓了一跳。

我望着他，他的眼睛微微张开，注视着我。

即使他血管中流动的血液像缺少了辛烷的柴油，他眼神中的专注依然如同我刚见到他时一般。在他的身体里，有一种物质在以另一种速度运转着。

我能感觉到他的无穷力量，但我知道这种力量或早或晚都会停下来。

我朝他笑了笑，然后握住了他的手，一切都出于本能。

“我感觉自己仍有一整个肺。”说着，他摸了摸自己的胸，“这说明某些地方出了问题，对吗？”

“我也这样认为。”我紧紧地握着他的手。

“小丹尼，他们跟你说我快要死了吗？”

“小丹尼”……再也没有人这样叫过我。

我看着他，我知道在生命中，有些时候需要说实话，而有些时候则需要谎言……

“对，我知道您快死了。”

现在就是那种必须讲实话的时刻，因为我知道，即使我骗他，他也不会相信。

“谢谢。”他十分严肃地回答，“我很感谢你，小丹尼。”

他把头转向那张小桌子，仿佛知道上面放着他的东西，仿佛他能够感觉到……然后他瞧了一眼那些移过来的东西。

“你能捕捉到我的生活吗？”

“我试过。”

“我喜欢你。”他的眼睛微微闭上，然后又重新睁开，“你知道那些照片是什么吗？”

“是灯塔，对吗？”

不知为什么，他笑了起来……虽然他充满生命力的笑声在转瞬之间就变成了不停的咳嗽。

我恨笑声变成咳嗽或者眼泪的时刻，我恨充满激情的笑声因不受控制而发生改变的时刻。

“你能把那些照片拿给我吗？”

我暂时松开了他的手，把照片和信递给他，接着，我再次轻抚他的手指。

抚摸它们的感觉就像为了不失去镇静而抓住救生圈一样。

那种情形下产生的紧张战胜了我。

“它们不仅仅是灯塔，还是我的一部分。”他一边说着，一边用最温柔的眼神看着那些照片，“那是我目光的映射。”他停顿了一会儿：“我曾经是很多座灯塔的眼科大夫，这些年来我一直在治疗它们，这就是我从事的工作……”

接着他深深地吸了一口气，几秒钟后继续说道——

“拜访它们时的那种快乐就如同拜访我自己的儿子一样。一个时不时看你一眼，并且一直守护在那里不让任何人出事的儿子。

“走进它们就好像能感受到它们的内脏和食道……那是在整个宇宙中，我最能感觉到自己存在的地方……”

他再次闭上眼睛。

我不想失去他，于是用尽所有力量握住他的手。

“我还在，小丹尼。”他微笑着，“我们说到哪里了？”

“您在给我讲灯塔。”

“对，我的灯塔……”他重复着没用的内容，似乎马上就要进入梦乡。

“那灯塔背后的形容词呢？”为了让他继续跟我说话，我问道，“那就是你再次见到它们时的感觉吗？”

他又笑了笑。

“不是……”这次停顿的时间很长，“是它们自己的感觉，而我能感受到它们的感觉。”

他拿起一些灯塔的照片，翻过来，一边看着那些形容词，一边慢慢地对我说——

“它们中有些觉得自己是年迈的、伤心的……有些觉得自己是幸运的、快乐的……而大部分都觉得自己太累了……我修复它们的时候经常在那里过夜。我抚摸着内部的柱子，附耳倾听所有它们想跟我说的话。它们曾拯救过那么多的生命……”

我望着他。我知道灯塔是没有生命的，但是他把它们说得那么真切，那么有力量，让我开始怀疑自己的判断……

我直直地看着他，他的眼神也在期待着我的结论，但我不想单单因为他马上就要死去而判定他说得有道理。这不公平。

“马丁先生，灯塔是没有生命的。”我说。

他什么都没说，只是久久地注视着我。

“活着是什么？”他问我。

我讨厌别人问我那些明显是荒诞的、带陷阱的或是无法回答的问题，所以我没有说话。

“活着就是……给予生命。”他回答了自己的问题，“把生命给予那些围绕在你身边的人。所有能给你生命的东西都是活物，记住我说的话。想象一下那些被灯塔拯救过的生命，那些免于沉入大海的生命……”

我认为在自己的生活中也能找到一些“给予生命”的例子。

突然间，他笑了：“十七岁那年我爱上了一个人体模型……”

他的笑声让加护病房里的其他三名护士回过头来。

“那是个美丽的人体模型。每天下午三点，当我从那家店门前走过的时候，我都会欣赏她的体态，她穿洋装的典雅，她观察行人的方式，和她站在橱窗里的那种带有统治者气场的平静。

“我是那么喜欢她，已经无法满足于在外面观察。于是当我过了十八岁生日的时候，我进入那家店，做起了售货员。

“这样我就可以照顾她，与那些想要拿走她衣服的客人做斗争，因为他们认为只有穿在模特身上的那件才是最好的。

“我可以向你保证，我从来都不允许他们取下她的任何一件衣服，决不允许。因为光着身子站在橱窗里对她来说是一种侮辱。”

他又笑了，这次我感觉到他的脸上透着一丝怀旧。

“小丹尼，你知道吗？每天晚上关门以后，我都会放上一首曲子，然后伴随着音乐与她翩翩起舞……

“那是属于我们的时刻，只属于我们。那时的她就是活着的，因为她给了我生命……”他直直地看着我，“你想知道可以让你快乐地生活在这个世界上的定律吗？”

我感到十分吃惊，我没想到他在讲述了进入灯塔抚摸柱子，以及跟人体模型跳舞直到天明的事之后会问我这样一个问题。

现在轮到他紧紧地握住我的手，用尽全力地握着……

“小丹尼，你想知道吗？你敢听那些会让你感到无限快乐的秘密吗？”

在我还没来得及回答“是”之前，护士走进来告诉我必须得离开了，因为探视时间已经结束。

我做出轻微的反抗。当时的我还不是那么好战，此外，我知道马丁先生需要休息。

当我拿着他最宝贵的东西离开加护病房时，我担心我未来的快乐会同他一并死去……担心他永远都不会告诉我那些秘密，而我将会一直迷失下去……

有时候生活也是这样：

上坡时遇到的阻力让你忘记了自己是在不停地前进和攀爬。

12. 所有那些曾被称为爱的东西

“请您扣上安全带。”

那位空姐太在乎我的安全，使我的记忆不得不暂时离开那个掌控我永恒快乐的男人。

安全与快乐的对决。那个银质灯塔造型的单目镜在我手中保留了下来。

这一次，我的哀求让我达到了目的，又或许是因为那位安检人员对我的故事产生了同情，或许他曾经也认识一位叫马丁的先生。

而我始终没有摆脱那种味道，因为赢得胜利的我不能再对那位安检员提出别的要求。现在那瓶香水就在我的头顶上方，我能感觉到它的存在。

我到现在还没有失去它，是因为时机尚未成熟……我紧紧握住那座灯塔，就像当时紧紧握住马丁先生的手那样。

是时候开始工作了，我应该关注那个失踪的孩子。两小时之后，那位父亲就会问我很多问题，所以在这之前我必须找到那些问题的答案。

飞机在跑道上滑行的同时，我进入了手机中的电子邮箱，然后快速点开那个父亲给我传来的文件。我笑着，为如此发达的科技赞叹不已。

“您必须关掉手机。”

乔装成空姐的警察同样让我赞叹不已。

如果能在飞机起飞前看到那个失踪孩子的模样，对我来说将会是莫大的帮助，可是那个女人站在我的旁边，始终不肯离开。

我想看到那孩子的脸，好让我能和他有更深的接触，因为每当看到那些失踪孩子的脸庞时，我的同情心就会被激发出来，同时我也会想起自己离家出走时的样子，这样一来我就更有勇气去寻找他们。

我又重新回想起乔治说的那句：在年幼时迷失自己是为了长大后不重蹈覆辙。此时此刻的我不是很认同他的话，因为我曾经在小时候迷失过自己，而现在成为大人的我仍然在重蹈覆辙。

我关掉了手机。

小胜之后，空姐开心地离开。

飞机马上就要起飞了。我下意识地摸了摸西装上衣的口袋，无论是乘车、乘船还是坐飞机，凡是在旅行开始之前，我都会做同样的事。

触摸到装在黑色小口袋中的两枚戒指时，我感到轻松了许多。其中一枚戒指属于我父亲，葬礼的时候我从他手上取了下来，却从不曾戴过。我父亲叫MIKEL，可是戒指上刻的只有MI，KEL已经被逝去的岁月抹掉了。

这个“MI”[①]对我来说意味着很多……我的父亲，我的目的地，我的戒指，我的力量……我的……

可我还配不上它……因为当父亲戴上它时，他所拥有的不可思议的能量会让那枚刻有MI的戒指闪闪发光。

另一枚戒指是她在最爱我的那一天送给我的。也许很难让人相信，我居然记得她爱我爱得最深的是哪一天。

但我向你们发誓，当一段关系结束后，你就会清楚地知道是哪一天。你能感觉到……你能预料到……

---

① MI 在西班牙语中意为“我的”。

我猜想当你正处在一段情感中时，也许无法看见其中的高低起伏，但是当这段旅程结束时，你可以清楚地感觉到它们。我知道应该跟你们解释下我们之间的关系，我曾答应过你们。我应该聊一聊她，聊一聊我是怎么认识她的，她是怎么吸引我的，我犯过多少错，又为什么犯错，这些错误是如何毁灭了所有那些曾被称为爱的东西……所有那些曾被称为爱的东西……

有一次乔治对我说，如果你没有见过一对情侣争吵、相爱和相拥而眠，你就不可能理解那种关系。

争吵、相爱、相拥而眠……

飞机起飞时，我紧紧地握住那两枚戒指，从那里释放出的力量来自我最爱的人，我相信那种力量能为我保驾护航……

我为没来得及看到那个失踪少年的照片而感到惋惜，同时想再回到我那迷失的童年。

起飞后，我决定闭上双眼，忽略旅行，继续回忆我与乔治在一起的日子……

13. 在学会走路之前要先学摔倒

起飞之后，我的思绪又回到了那艘在卡普里停靠的船上。

乔治拿起拳击袋，然后把它拉到背上。我担心他的假肢承受不了那个几分钟前还被我拳打脚踢的拳击袋的巨大重量。

“你担心我会摔倒吗？”他一边说着，一边从一条临时搭起的，就算没有负重也很难通过的小桥上走下去。

“有点害怕。”我轻盈地闪到一边，不想被拳击袋压扁。

“我从来都不曾摔倒过。别担心，他们在教我用腿走路之前，教过我怎么摔倒。”

“学走路之前要先学摔倒？”我很好奇。

“对，这样我就不会害怕摔倒了。如果摒弃了摔倒时的恐惧，你会走得更好，甚至敢于奔跑。”

整个人生都应如此。先摔倒，然后再行走。

我笑了，然后靠近他，想让他知道我相信了他的说法。

“你是多大的时候失去那条腿的？”我问道。

“和你决定离家出走时年龄相仿。”

他没回头，但是我已经感觉到他带有嘲弄意味的微笑。

我大发雷霆。

“我没离家出走，我跟你说过的。”我坚持道。

“那么……发生了什么呢？”

“我跑了。”我用肯定的语气回答。

他没有再问我什么，我们就这样一直走了半小时。

一路上我们经历了陡坡、急转弯和长街的种种考验……他从未变换步伐，从头到尾一直保持相同的节奏。

最后，我们终于来到一座白色房子前，门是开着的，上面没有钥匙。

我们走了进去。他顺着楼梯把拳击袋放到了地下一层，而我却等在门口。

我犹豫着是否要离开，这是我在不受他的影响下产生的第一个念头。

但是我没有离开，我知道我还有很多东西要跟他学习。另外，我得承认我不想一个人待着。

几秒钟后他走了上来，速度与背拳击袋时一模一样。

我们来到屋子的中央，这里给我的感觉像是屋子的中心所在，整个房子都黑漆漆的。

他打开了家里的大窗户，接着，一个阳台出现在我面前。我大概弄错了，那儿才是房子真正的中心地带。

我来到阳台上，惊讶地发现整个卡普里的景色都尽收眼底。

我之前没注意到，在走过无数的陡坡之后，我们已经站在了一个很高的位置。

有时候生活也是这样：上坡时遇到的阻力让你忘记了自己是在不停地前进和攀爬。

我看着眼前这片足以印成卡普里明信片的景色，感觉这一刻非常幸运。

突然间，我看到了海岸边坐落着的灯塔，它散发的张力让我不禁开始猜测它的年代。

此外，那不是普通的灯塔，我对它十分了解……那个有着魔幻色彩的灯塔正是我逃到这个岛屿的原因。我开始翻自己的口袋，掏出了那个灯塔造型的单目镜。我偷偷看着它，不想让乔治知道任何关于灯塔的事。之后，我望向那座真正的灯塔。

它们一模一样。小的那个是银质的，而大的那个，我感觉是金子做的。大的那个就在前方，小的那个在我的手里。

马丁先生对我说，卡普里的那座灯塔是他最器重的儿子，而这也是他用金属让它永垂不朽的原因。

我是多么想念马丁先生，想念他的教诲、他的世界……此刻我正站在曾经梦寐以求的地方。我看了一眼乔治，在这个对我来说最开心的时刻，我把他们两人融为了一体。

“您有相机吗？”我问他。

他点了点头，然后去客厅里一个小桌子的抽屉中搜寻。又是小桌子和放在小桌子里的东西……

他把相机从里面拿出来，那是一架使用老式胶卷的传统相机。

“我喜欢冲印时的乐趣，”他好像在向我求证些什么，而那正是他引以为豪的东西，“因为你无法马上得到它……”

“您自己冲洗胶卷吗？”

“是的，你想学的话，我很乐意教给你。”他把照相机递给我，“慢慢拍，这卷胶卷还能再拍两张照片。你想拍港湾吗？”

“不想。”

我拿过相机，然后开始调焦距。他微微垂下目光。

远处是无法对焦的灯塔，它是如此高傲，我都能感受到它在物镜中成像的样子。

我试着把灯塔和乔治同时对焦，可是太难了。

我花了很多时间，最后按照乔治的建议把两部分各对焦了一半，我也感觉很骄傲。

我知道我一拿到照片，就会在它背后写上“幸运的”和“骄傲的”。虽然这两个形容词都非常恰当，但马丁先生写的那个才是真的。

照完相，乔治取回相机，给我和远处的灯塔也拍了一张。

他一直都知道发生了什么，也知道我在想什么。

他照相的速度快到我都没来得及微笑和做鬼脸。

在拍完最后一张照片时，胶卷开始自动倒卷，仿佛因终于能回到自己的家而开心地尖叫着。

我才发觉我已经很久没听过这种声音了……

“我们得通知你的父母。”他的话中断了倒卷的声音，“他们应该很担心你。”

“我没有父母。”我严肃地回答。

我察觉到他眼神中的一丝哀伤。

“或者是能照顾你……爱你的亲人。”

我喜欢他在“照顾你”和“爱你”之间所做的停顿，我能确定在他的世界中这意味着不同的东西。

“我也没有。”我回答道。

我没撒谎。

我的哥哥从很多年前就不再爱我和照顾我了。如果他问的是“忍受你和你所忍受的那个家人”，那样我就要讲实话了。

每到这个时候太阳就开始逃走。

他深深地望着我。

“你看过《锦绣大地》吗？”他开始转移话题。

“是一部电影吗？”我问道。

他开始只是微笑，最后终于笑出声来。

“是一部电影。”

他靠近我，与我做了第一次肢体接触。

他把手轻轻地放在我的肩膀上。

“你会喜欢的。讲的是一个人与一切做斗争，也讲世界的广阔和我们的渺小。你想看吗？”

我犹豫着，他却坚持。

“我们可以一边吃晚饭一边看，之后我们去冲洗胶卷。”

我仍犹豫着，他继续试图说服我。

“这卷胶卷里还存有七年前拍的照片。我很想看看它们，我已经等了很久了……但是在欣赏这些照片之前，我想先做一些更有仪式感的事。未知之物总是值得等待……”

我看着他。

“这些照片已经在这个胶卷里放了七年？”

“对。”

“为什么不在这之前冲印出来呢？不会损坏吗？”

“有可能……但我没什么可拍的，冲洗两张黑色底片又觉得不妥。这二十四张底片中的每一张都应被好好利用……”他停顿了一会儿，“而且，看这些照片会让我感觉不舒服，因为几年前我失去了照片中的一些人。”

我无力打破那深深的沉默。

他望着海岸线，我望着他。与开往卡普里的船上的情景恰恰相反，那时我看着拳击袋，他看着我。

时间就这样流逝了十几分钟。

最后我终于决定拉他一把。

“那部电影真像你说的那么好吗？”

我成功了。

“是最好的一部。”他重新找回他的快乐，“你在这里待上三天，我会教你如何通过运动让自己变得强壮，我们可以每天晚上看一部经典电影，然后慢慢冲洗照片……每次天亮之前我们冲洗八张。”

“然后呢？”我问道，“三天之后呢？”

我能想到答案，可我想让他亲自说出来。

“之后你就要回去。但重要的是，这三天里我们会让世界暂停下来。”

“让世界暂停下来？”

他点点头。

他第二次触碰我的肩膀，除此之外，他还抚摸了我的头发。

“你从来都不曾暂停世界吗？”

“什么是暂停世界？”

“暂停世界就是下定决心，自觉地从世界中走出来，完善自己，之后你便能更好地带动自己，带动世界。

“在这期间你不能让任何人和任何问题干扰你。

“你要从好的文学和电影中吸取知识，当然最重要的是跟这世界上能启发你的一个人对话。你知道这是为什么吗？”

“为什么？”我激动又兴奋。

“因为之后世界便会给你奖励，宇宙会帮助那些带动它向前的人，这就是所谓的暂停世界。你是想让世界来带动你，还是你去带动世界？”

“带动它。”我非常肯定，“带动它！”

他也加入进来，跟我一起喊着：“带动它，带动它！”所有我们能做的就是带动世界，暂停世界。

14. 一只充满希望的手和一张空白支票

在飞往那不勒斯的路上我才发现，自从上一次跟乔治一起暂停世界之后，我就再没尝试过了。

我不知道我为什么对他的教诲不屑一顾，也不知道自己怎么就能忘记他教我的那些东西。

而当我暂停世界的时候，我不仅真的相信自己可以这样做，还学到了很多……

也许我放弃暂停世界，是因为再没找到另外一个可以跟我一起做这件事的人。

乔治提醒过我，需要有两个人才可以暂停世界，靠一个人的力量永远都无法让它停下。

飞机着陆的那一刻，我的世界在飞速旋转。

飞机一落地，我就马上开机看了一下那个失踪孩子的脸。他看起来大约十岁，充满生命力的脸上带着无尽的喜悦。

父母总是会拿孩子拍得最好的照片给你，他们永远都活泼可爱，健康向上。但是我要的恰恰相反，我需要的是孩子们伤心、生气或发脾气时的照片。

孩子的脸会随情感发生变化，如果拿到的是错误的照片，找孩子时也会找错。

孩子已经失踪两天了。事实上，按照他寄来的资料来看，孩子是被绑架了。

他在发来的电子邮件中附上了一封绑架者的信。

我还没读那封信，也绝不会那么做。因为在这之前，我要了解孩子的父母，拜访他的学校，看一眼孩子住的房间……就像一部电影不能跳过开头而直接进入尾声。

我必须先了解那个儿子，然后了解那个父亲，最后才轮到那个绑架者。

到目前为止，他还没有报警，那些父母永远都会尊重绑架者提出的条件。

可是过了七十二小时之后，他们就会妥协，然后报警。这就是人们能承受的，却又不对外宣扬的时间极限。

根据那个父亲的叙述，男孩五点放学之后就再也没回家，也没有人看见他上了哪辆可疑的车。除此之外再无其他线索……

故事开始时都如出一辙：一个孩子突然从地球表面消失，没留下任何足迹。永远都是这样……

就好像我永远都不认为这是真的。一个孩子不会凭空消失。要么是他自己走了，要么是别人把他带走，没有别的解释。如果是他自己走的话，那就说明他的生活很操蛋。

而工作中最糟糕的事情就是，如果调查出孩子真的是被人掳走的话，就几乎不可能再找到。这种事时有发生，我也不是每次都万无一失。

在这个世界上，就有那么一群人，他们把孩子带走，留在自己身边，然后再毫无理由地榨干。

我恨透了这些人，要是让我碰到他们中的一个，我可能会杀了他。所以我一直都要自控，即便我知道我还是可能控制不住而做出一些疯狂的事。

对于那些想要偷走某个孩子童年的人，我的恨意可以用浩浩荡荡来形容。在我看来，这种对天真的偷窃，是当今所有罪行中最严重的一种。

那个孩子的父亲在机场外等我。

我一眼就认出了他，根本不用举牌子或穿特别的衣服，他的双眼就是他的身份认证……疲惫的眼神让人一下子就可以看出，自从孩子失踪之后，他就没合过眼。

他握住我手的同时塞给我一张支票。那是一只充满希望的手，而支票，是空白的。

“填上您想填的数字。如果能找到我的儿子，它就是您的。”那是他说的第一句话。

我跟他握了下手，但是拒绝了支票。我不需要初始鼓励金。

我的动机永远都只有一个：找到孩子。我收取我该收的费用，但是从不过分。

要是乘人之危的话，我和绑架者又有什么区别。

我尽量让自己冷淡一些，我的职业要求我这样做。只给予恰如其分的希望，是我这些年来学到的东西。

我们坐上了一辆价格不菲的轿车。

汽车发动前我轻轻摸了一下小袋子里的戒指。

接着我观察了一下那位父亲。他开车开得很艰难，我猜是因为他已经很久都没有自己开过车了。他应该有司机，但是今天他不想用司机。可以确定的是，他甚至跟自己的亲人都没提过孩子失踪的事。

我继续把视线集中在他那双因为睡眠不足和流泪过多而肿胀的眼睛上，这也许就是现有的能让眼睛变得最大的组合方式。

“我会尽我所能。”我向他保证。

我很吃惊自己能把这句话用这么高亢的声音说出来。我不知道我为什么这么说，可能与我自己的分手有关，又或者是他的那双眼睛让我想起了失去马丁先生时我自己的双眼。

我为他流过很多眼泪……第二天，护士对我说他的情况已经恶化，只剩几天的寿命。

当我知道马丁先生会慢慢地在加护病房中死去，而我又是这个世界上唯一一个关心他的人，我感到十分痛苦。

最糟糕的是他们不让我去看他，因为我也要做手术，他也不能接受任何探视。

我在那个我们从未共享的房间里哭了很久……

我很害怕他会死去，害怕失去他，也因为他始终没能告诉我如何得到快乐。

失去一个你还没来得及了解的人会让你感到极度无力。

我记得每次房间的门被推开时，我都希望护士是来找我的。

但是谁也没有来……在那些无法见到他的日子里，他们为我切除了扁桃体，等我好了一些之后，我又翻看了几遍那些属于马丁先生的东西……我几乎可以记住所有带有灯塔的照片，它们就好像一张张被精心收集起来的明星卡一样，我选出了自己喜欢的一些，然后按照城市顺序排了起来。

到最后，一连两天都没有他的任何消息，我已近乎绝望，并且马上就要回到家里去……那个护士终于来了……我决定再次追忆童年的那一刻，在到达他们家、看到那孩子的房间之前，我需要暂时躲避这位伤心的父亲。

我再次看了一下他的双眼，那是一双承载着巨大悲痛的眼睛。

他的眼神是我回到过去最有效的通行证……

15. 第二次进加护病房

第二次踏进加护病房的时候，我没有慢慢地走进去，而是急忙冲进去，因为我担心他们很快就会把我从里面轰出来。

我跑到第一次见到马丁先生的地方，但那里已经空无一人，只有空出的床位和收拾整齐的床单。我恨他们这种摆放床单的方式，这是一个非常不幸的信号。

我担心会发生最糟糕的事……从护士看我的那种奇怪表情中我能猜到，她不愿当传达坏消息的使者，可她必须这样做。

“他在重症加护病房。”她对我说这话的时候一点都不温柔。

我不知道有重症加护病房的存在，我以为住进加护病房就已经够严重了，于是开始怀疑是否还有超级重症加护病房。

在后来的日子里，生活不断提醒我：总有比你期待的更好的事，也总有比你以为的更糟的事。

护士陪我来到了一扇紧闭的门前，无论是从视觉上还是听觉上，都让人觉得那扇门背后是一个与其他病患完全隔离的空间。我猜谁都不愿意看着另一个人死去，哪怕是那些已经在死亡边缘徘徊的人。

我推开那扇门，在那个隔离的房间里有五六个病人……最后一个便是马丁先生。

他身上插的管子是我上一次见他时的三倍多，那些东西要么是帮助他呼吸、控制心率的，要么就是从他的体内抽出或往里打入某种物质。

他朝我使了个眼色，这个带给我希望的眼神让我不至于崩溃。

我走到他躺着的地方，站得离他很近很近。我能感觉到，他的呼吸与我上一次听到的相比微弱了很多。

“他们给你做手术了吗？你感觉怎么样？”这是他最先问我的两个问题。

“是的，马丁先生，我很好。”

他笑了，然后用手碰了碰我的脖子，那是我扁桃体曾经所在的位置。

“那您呢？”

他做了一个假装遗憾的手势，好像在说：这就是人生……

真的有这种手势，我可以向你们保证，它所表达的意思和我刚刚解释的一模一样。

我又一次把他的心爱之物放到靠近他床边的小桌子上，那张桌子比原先的还要小很多。我猜，随着死亡的临近，桌子也会失去活力。因为既然你已经没有任何东西需要收藏，也就不需要那么大的空间……

看到那些灯塔的照片和写着数字的信封时，他笑了。

“你知道这上面的数字代表什么吗？”

我摇摇头，那时的我已经说不出话来，我害怕他随时会死去。

“我的父亲是个扑克牌玩家。”他的声音很虚弱，但是我能明白他在说什么，“我还是个孩子时，家里每晚都有人来玩牌。他们会带来雪茄和饮料，在客厅里一玩就是八或十小时。

“我当时睡在客厅角落里的一张沙发上。我父亲让我必须睡在那里，因为这样一来他就可以一只眼睛看着我，另外一只眼睛瞄着他那五张牌。

“他对扑克的爱和对我的爱一样多。他是一个过早失去妻子的男人，所以他不想也失去陪儿子一起度过童年的机会。

“他玩牌的时候，我一直都用钦佩的目光观察他，我被那充满色彩和激情的牌局深深吸引了。

“我看着他输给一些人，也赢了一些人。斗转星移，幸运女神光顾又离去，胜者和败者便这样诞生。

“观察得多了，体会得多了，到最后我闭着眼睛就知道谁在下假赌注，谁手中拿的牌是顺子。因为所有这些都跟他们呼吸的方式、点烟的方式、下赌注和说话节奏的轻微变化有很大关系。

“那些都是很难察觉到的细节，但是对我来说，它们是组成我梦境的电影胶片，无论醒着还是睡着，我都能分辨出其中的细微差异。这让我很快就成为一个老手，有些时候，我还帮父亲赢过牌局。

“从七岁开始，我就失控般地疯狂爱上了这种叫作‘游戏’的东西。

“而我一直把这种游戏称为‘生活’，充满巧合的生活。生活也是一种巧合，不是吗，丹尼？”

我轻轻地点了点头，眼睛一直望着他，他眼神中的疲惫早已变成了激情。

“当我长大一些之后就开始玩扑克牌。”他继续说，“但那是他的游戏，我永远都不可能超过他。他把一切都教给了我，可我从来都没能完全掌握。

“红心、方片、梅花和黑桃是他的激情，但这不属于我。

“他曾经教过我一个适用于任何游戏的法则：永远都用你不

需要的东西下注。其中最重要的一点就是不要毁掉你自己和你周围人的生活。‘你永远不要违规，永远。’父亲曾用恳求的语气跟我说过很多次。

“十岁的时候我用周薪的一半去玩这个游戏；二十岁的时候就用月薪的一半。我从未失控过，我一直都用自己不需要的东西下注，而剩下的那些就用来过生活。

“他还对我说过，想要赢钱的快感永远都不要大于输钱。

“输的时候也可以很愉悦，因为它能让你更好地明白赢的价值。随着时间的流逝，那些输掉的东西总能变成收益。”

他的呼吸停止了几秒钟，就好像某种东西熄灭了一样。但是在我还没来得及通知任何人之前，他又开始说话，就好像什么都没有发生过，那种感觉可怕极了。

“我曾为一个游戏找寻了十年。父亲对我说，每个人都有属于自己的游戏，那个能让你产生共鸣的，能让肾上腺素以一种无限制的方式完全释放的游戏。

“扑克永远都不是我的游戏，黑杰克、赛狗和赛马也不是，就连买彩票我也一点感觉都没有。

“直到她的出现，我生活中的游戏里多了一个她……”

他开始翻找装有数字的信封，可那对他来说太难了，因为他的指头已经被电线和绷带包裹得严严实实。但他没有停下来，直到找到他想要的东西。

他从其中一个信封里拿出一张数字表和一个姑娘的照片。我不知道自己之前怎么就没有发现它。

那是在一座城堡外面捕捉到的瞬间：一位姑娘身着像制服一样的奇怪礼服。

她抽着烟，眼神迷离，感觉有点像个人体模特，至少我是这样想的。

“那是我在她休息时拍的。”他笑着，我第一次看见他露出牙齿，“工人们每小时都能离开赌场几分钟去抽根烟，我一直都选择和她在同一时间休息，然后从远处看着她。”

“从远处望着她让我无比快乐。我猜那是因为她一直都离我很近，很近……每晚大概十厘米的距离。

“在那座美丽的城堡中，她是那家赌场里轮盘赌的女负责人。

“对于轮盘，我从来都不感兴趣，直到我看见她扔出那颗小球。她投掷小球的动作优雅极了，转动轮盘时的那种潇洒让我觉得连轮盘转动的声音都那么有吸引力。

“我敢跟你发誓，当她走运时，人们都会三倍下注。

“我那时只是待在靠近她的地方，观察她，打探她，感受她。

有时候，我会给她一袋棋子，然后在十七号和十九号上下注。

“那是我最初的两个幸运数字，不过后来发生了变化，到最后被完全改掉。”

护士带着药回来的时候，他暂停了几分钟。我猜他是不想跟所有人分享他的故事，这让我感到自己很重要。

护士走后，我终于问出了他开始讲故事时就在我脑海里打转的问题。

“您和她结婚了吗？”

他边笑边咳嗽起来，这次我没在意。

“我从来都没有开口对她说过，从没有……在近处，我看过她几百次，在远处，我看过她千余次。上级把她调到哪个赌场我就跟到哪个赌场，然后继续保持着同样的规律。在或近或远处，观察着，渴望着。

“随着光阴的流逝，我把这种对她的渴望转移到了游戏上。

“我把所有对她的爱都倾注于轮盘上。每当她的手磨蹭着那颗球时，我便借助她的魔力开始游戏。那是我与她相爱的方式，是一种我们在一起做些什么的感觉。

“就这样，我找到了属于自己的游戏，找到了我的激情和快感。从那时起，一切都失控了，我把自己变成了职业轮盘玩家。”

⚓ “小丹尼，你应当永远让生命中的黑夜多于白天……”

“当你迷失自己或者失去方向的时候，去玩一把‘如果别人在我身体里会怎样做’的游戏。”

马丁先生抓起两个信封，从里面拿出几张字迹潦草且写满数字的纸，然后指给我看。

“每一张写满数字的纸都对应某个赌场的轮盘，红色的数字代表可以赢的号码。如果你用这些数字下注就永远都会赢，不管什么时间、什么日子、什么季节……”

这种笃定让我感到很奇怪。我从来都没玩过轮盘，但我觉得它是个一点都不复杂的东西。

“这不可能。您不可能知道小球会跳到什么数字上，就算您知道，可一旦他们把轮盘换掉，那些代表赢的数字也会作废，不是吗？”我问道。

“不对。”他笑了，“我曾经去过那些赌场很多次，我可以跟你保证，重要的不是轮盘，而是轮盘安装在什么地方，地心引力和巧合会随机产生一些幸运数字。”他说话时的那种把握完全具有压倒性。

他拿起所有的信封，然后递给我。

“这是给你的，它们价值连城。我希望你把它们留下来，小丹尼，等你需要时再使用它们。”

我一声不吭地接过那堆纸，在我生命中还从未有人鼓动我进入游戏的世界。

“那她呢？”我问道，“她死了吗？”

他过了好久才回答，好久……

“几年前我与她失去了联系……这些年来我一直在找她。”

“你想对她说出你的感受吗？”我问。

“不。”他这次的笑容让我看见了他的牙床，“我只是为了能或近或远地看着她。在这个世界上有一些人，小丹尼，你仅仅是看着他们，他们就能给你养分，给你能量，无须更多。”

能量。几年后，我从乔治嘴里也听过同样的说法。

但在那个时候我不明白关于轮盘的一切，不明白那个神秘的姑娘，也不明白什么是能量。

我期待他告诉我快乐的密码，可他却对我讲了赌瘾和在爱情面前的胆怯。

我没有对他说出我的想法，可他再一次猜中了。

“丹尼，快乐是不存在的。”那是他仅有的几次没提到“小”这个字，“你只能每天试图让自己快乐。”

“如果你认为的快乐是普世的，那么一切都显而易见。

“看看窗外……”

他指着一扇朝向大街的小窗户。我靠近那扇窗户……重症加护病房中没有大窗户这件事让我很害怕，因为这里的人需要通过这些能看到外面的东西来向世界告别。

“你看到街上那些虽无秩序却朝着具体方向走的人了吗？”

我看着那些路人，不明白他是怎么看到他们的，从我刚刚站着的位置明明看不到街上。

“我看到了。”我回答说。

“你能感觉到他们都是带着某种目的，要到某个地方去吗？无论你还是我，我们都不能跟他们互换角色，这就是为什么我们会更喜欢自己的生活、自己的面孔、自己要走的路……因为我们无法理解他们要去哪里，要做什么……

“但是一切都会在夜晚发生变化……凌晨的时候你去看一看那些高楼大厦，就会发现只有很少的灯是亮着的。除了极少数醒着的人，全世界几乎都在沉睡……而那些醒着的人，就是正在寻找快乐，或是已经找到快乐的人。

“夜深的时候，当全世界都进入梦乡的时候，他们在相爱，在享受彼此间亲密的交谈……这些感受和语言会改变他们的生活。

“小丹尼，你应当永远让生命中的黑夜多于白天……

“当你迷失自己或者失去方向的时候，去玩一把‘如果别人在我身体里会怎样做’的游戏。”

他又安静了几秒钟，这一次，他过了很久才回过神来，我感觉他快要不行了。

我大声叫了三次他的名字，但是没反应。我用力握住他的手，还是没反应……

最后，我像什么都没发生过一样，继续试探着和他对话。

“如果别人在我身体里，他会怎么做呢？”我重复道。

就在这时，他回过神来，好像这句话给了他养分和力量一样。

“是啊，对极了。找到那个可以跟你分享能量的人，然后问他，如果他在你的身体里停留两天的话，他能改变什么呢？他会剪怎样的头发？会吃什么？会做什么事？说到底，如果他暂时变成了你，会怎样过你的生活呢？”

“管用吗？”

“当然管用……”他笑了，“我已经尝试过很多次了，还想一直这样做下去。

“但是你必须找到跟你一起做这件事的人，这可不容易。

“这个人必须是与众不同的人，他要能从外面看穿你，能够在你迷失时给你指出另一条路。”

我一直看着他，不知道如何才能消化这么大的能量。他再次熄灭了，他的呼吸随着最后一句话而慢慢衰弱，他的意识已经开始涣散，所有包裹着他的仪器都开始响个不停。

我知道我必须要问他问题才能让他再次苏醒。

“我们一起来做这件事好吗？”

他又恢复了呼吸，那些仪器也不再叫喊，可我知道这撑不了多久，我正在失去他。

他用十分真诚的目光望着我，抚摸我的脸颊、嘴唇、脖子，最后是双手。

“我当然很想，小丹尼……但是我没时间了……”

他又停顿了一会儿，我以为这次就是永远了，但是他还有最后一件事要对我说。他看了一眼那个灯塔造型的单目镜，然后把它拿起来，放到我的手里。

“这是给你的……为了让你不忘记我。这是一座卡普里的灯塔，它曾鼓舞了我，是我最喜爱的儿子。当你找到那张我为它拍的照片时，你会发现后面写的是‘魔幻的’。它的确是魔幻的，你会感受到它的魔力……如果哪一天你遇到问题，就去那里，我最疼爱的孩子会保护你……

“那个黑色的单目镜是观云用的……我曾在电影界工作过一段时间，那时我负责观察云彩何时散去，太阳何时升起……他们需要有人来做这种工作，这样在录制电影的时候就能捕捉到同一种光线，不会在胶片中产生忽明忽暗的效果……

“我在这方面很在行……观察灯塔、云彩、阳光、大海和风，我可一直都是行家。

“如果你透过单目镜去看云彩，就会看到太阳在云彩后面，会感受到风的速度，这样的话，你就能算出阳光将何时再次闪耀。

“我把它们结合了起来，这座灯塔拥有真正的魔法，能预知太阳何时再出现也很神奇。

“记住，如果有一天你需要魔法，就去卡普里……”

他开始呼吸困难，所有仪器又开始疯狂地叫喊。

我用尽所有的力气呼喊护士。他正渐渐远去，而我，又害怕又难过。

忽然间，马丁先生用眼神示意我靠近他。我把耳朵贴在他嘴边，他将几个字重复了三四次，我还是没听清楚。

他说话的时候永远用同一个节奏，同样的力气。他要告诉我一个信息，但我没能弄懂，因为他说话已经含糊不清。

最后，他不再说话了。马丁先生离开了我。

我看了他一眼，突然间，我感觉到一种能量注入我的身体，让我平静而幸福。

就好像他把能量传给了我。

医生和护士都无力回天……我知道他已经走了。

我用尽所有力气握紧他的手，对他表示感谢之后，我吻了一下他的脸颊……

16. 无法理解别人的眼泪

坐在那辆陌生父亲的车里，我又开始哭泣。

想起马丁先生的时候不可能不流泪。我记得一个舞娘的儿子对我说过，人们痛哭流涕也好，放声大笑也好，若是为了这两种感觉让自己失控，那都是值得的。

那个孩子的父亲吃惊地看着我，我的伤心程度超过了他，可是他什么也没说。如果你不了解事情的全部，就很难理解别人的眼泪。

那一刻我觉得，都是马丁先生的错，我才会从事寻找失踪儿童的工作。

不管怎样，我第一次迷失自己并不是在去往卡普里的路上，而是在那个充满无限温柔和激情的加护病房中。

马丁先生是一个富有激情的男人，一个爱着不可能实现之事的男人。

我很幸运能遇到他，他没有像个恶人或者鸡奸犯那样去占有一个十岁孩子的身体和精神，而是化身为一个伟人，试图教会我在这世界上变得与众不同是一件多么重要的事。

很少人能做到在平庸的生活面前毫不退缩。

而找寻失踪的孩子，是我逃离常规、逃离平庸的方式。

此外，我想我之所以能把这份工作做得如此出色，是因为我身体里孩子和侏儒的成分让我能理解那些孩子，能换位思考他们的问题。这样做仿佛可以让我触碰到那个曾经迷失的自己，让我更加接近事情的本质。

我看了一眼那位父亲，我觉得他想把一切都告诉我，想给我提供资料，好让自己觉得有用……但是他知道那样会影响我查案，因为我要了解的是儿子，而不是父亲。

我决定躲避他的目光，但我知道他早晚会跟我说话，因为我们刚刚才有过眼神交流。

“您有孩子吗？”

这是在支票之后他问的第二个问题，也是问得最糟糕的问题。

因为这个问题与我为什么和她分手有着密切的关系。

与我，和她，还有我们想要的孩子息息相关。

我知道我得跟你们聊一下她，谈谈我们分手的原因，我已经对你们隐瞒了很久。

但是我必须先讲完我和乔治在一起的那段生活，否则你们是不会理解我的。

我一直都希望我们能在衡量一个人之前先去了解他，同样也希望人们能够坦坦荡荡，说出他的生活，好让我们能够从理解的角度去评价。

“我没有孩子。”

我必须这样对他说。

“我就他一个孩子。”他向我解释。

他没有再说什么，因为他又激动得哭了起来。我必须在回到过去之前先让他平静下来。这样做才是公平的，因为我无法在回忆自己过去的同时，看到现实中的人受苦。

做这样的工作必须要理解他人。

“他不会出什么事的。”我粗略地表达了一下，“被绑架的人不一定就会受到伤害……有很多人……”

他粗鲁地打断了我。

“您没看过我发给您的档案吗？”他朝我喊道。

我摇摇头。

“我是处理鸡奸案的法官，我曾经把一百多个鸡奸犯送进了监狱。”他的喊叫声已经超过了那个机场的安检员，“您不要跟我说这证明不了什么，如果您看过绑架者的来信，就会知道带走我儿子的是一个被我判处八年监禁的鸡奸犯……”

我没有回答他。

因为我做得不够专业。

我的私生活影响了我。这一信息改变了我的一切预判，虽然我知道这不是绝对的。

那封信也许是伪造的，因为有时候，一个孩子会因缺少关爱而逃走。看到他的父亲比起关心自己更关心别人家的孩子可能会给他造成心理负担，最终导致他逃走或者用伪造信件的方式来引起注意。我决定不再看他，我知道我已经失去了他的一部分信任。

我们离那艘将把我们送到卡普里的轮船越来越近，它又一次把我推向了过往的回忆，这些年来它的样子始终没有变过。

我们把车开进酒窖，在这段时间里，我再次想起了《锦绣大地》——那部少年时代我与乔治一起看过的杰出电影。

我向你们保证，说完这段之后，我就会跟你们聊聊她，谈谈我们分手的原因。

17. 生命的意义之一 就是去寻找那些碎片

我们看了那部《锦绣大地》。乔治说得对，我感觉自己和格利高里·派克一样，因为我也是试图与规则、对的事情，以及别人对我的期盼做斗争的人。

我感觉到这一切的时候只有十三岁，我不愿去想也想象不出未来的自己将会怎样。

我钦佩美国西部电影的精彩和人类的渺小……这让我想起了我们在卡普里的日子。

这座城市里好像只住着我和乔治。我们是居住在一座偌大岛屿上的两个渺小的人。

呼吸的时候，我能感觉到自己在广阔大自然中的渺小。

恰恰是这个时候我才发现，其实我可以跟他玩一把“如果别人在我身体里会怎么做”。乔治是和我玩马丁先生游戏的最佳人选。

我直勾勾地看着他，想问问他，可是有点害羞。

“你喜欢这部电影吗？”他问我。

“很喜欢。”

我又看了他一眼，这一次我终于鼓起勇气。

“您能和我玩一把‘如果别人在我身体里会怎么做’吗？”

他笑了。

“告诉我该怎么玩。”

我跟他讲了游戏的玩法，讲了马丁先生，讲了当你觉得迷失自己的时候，可以让别人扮演你的角色。我还告诉他在成为别人的那两天时间里可以做些什么，以及最后如何从那人身上离开。

他似乎很喜欢我讲的内容。让我感到开心的是，这是生命中第二次有人把我当作大人来看待。

当我解释完那个游戏的时候，他说他很喜欢我的主意，但在那之前我们应该彼此增进了解。他认为如果要扮演别人的角色，应该要更了解对方才行。

我犹豫了一下，觉得他说得有道理。

他让我跟他一起去洗照片。

“分享别人的激情是了解对方的最好方式。”他对我说。

我喜欢他的提议，所以欣然接受。

他的工作室比我们看《锦绣大地》的客厅还要低两层。

要到达那里必须走下将近五十级台阶。那个闻起来有大海味道的地下室的墙壁是由实心岩石制成的。

我有种身在小岛中央的感觉。

在所有发生的这些事中，最棒的一件是我一点都不感到害怕……和一个陌生人单独待在一个地牢似的洞穴里，我觉得很舒服。

我唯一能感觉到的就是疲惫。我不记得已经多久没睡过觉了，我能感觉到自己疼痛的身体，可是在疲惫中却有某种东西使我快乐。

他马上就开始冲洗胶卷，仔细地跟我解释所有的步骤。对从未冲洗过胶卷的我来说，精湛的技艺、需要尊重的冲洗时间，还有那诱人的红色灯泡中射出的光芒，都深深地折服了我。

“冲洗胶卷就如同钓鱼一般。”乔治说，“钓起你亲手饲养的东西。”

突然间我发现，在那个地下室中央，正挂着那个巨大的、穿越了半个小岛的红色拳击袋。

“每一个完整的灵魂都被分成了四块碎片，分散在四个人的身体里……他们分布在世界的各个角落，随着时间的流逝，你会一个接一个地找到他们，生命的意义之一就是去寻找那些碎片。”

那些照片还需要一些时间才能显现出来。它们就这样被浸泡在奇怪的液体中，我们渴望它们的出现。

我的视线从拳击袋移到那些让人着迷的照片上，又从照片移到那个让人着迷的拳击袋上。

直到我看见那个挂在地下室墙壁尽头的奇怪东西……我无法清楚地分辨出那是什么，因为冲印过程中亮起的红色灯光让工作室变得很暗……但我的直觉告诉我，那里应该有些什么……

我慢慢地向它靠近，同时察觉到他正盯着我的后颈……

几秒钟后，我听到了他跟在我身后的脚步声……

当我走到墙壁的时候，我能感觉到他近距离的呼吸……

那是我唯一感到害怕的瞬间，尽管我刚跟你们说过我不会害怕那个地方。

可是，既能感觉到他离我很近，又不知道那面墙上挂的是什么，多少会让我感到有些不安。

这就是当我去寻找那些失踪的孩子时一直都会联想到的恐惧，也正是这种恐惧鼓励着我不要放弃，最终找到他们。

而最糟糕的就是，在我所到过的很多曾经囚禁过孩子的阁楼中，我都能感受到他们在墙壁上留下的恐惧。

孩子们以这种方式标记了他们曾经待过的地方，让无限的恐惧感呼之欲出。

我埋怨自己把这些回忆与乔治先生联系起来，他从未对我做过坏事，他带给我的只有快乐，也从未对我抱怨过。

“你想知道这面墙上挂的是什么吗？”他说话的语气让我平静下来。

我默默地点点头。

忽然，他把房间中央那道红色的灯光聚到墙壁上。

墙壁瞬间被照亮，眼前是一面贴满一次成像照片的墙壁。

每十二张照片被分成一组，按照年份依次排开……我数了一下，那些照片大约横跨了四十年之久……

照片上都是一些男人和女人在不同场合，做不同活动时的特写……他们中有的在喝咖啡，有的在抽烟，有的只是笑着……

如果不是几年前看过马丁先生拍摄的那些灯塔，我会认为这些照片非常奇怪。

可是当你十岁时就看见过最迷人的、写满形容词的照片后，就没有什么东西能再让你吃惊了。

“他们是谁？”我问道。

“他们是我的珍珠。”他笑了，“我每年都会找到十二颗珍珠，十二个我不认识但跟我相似的人，他们在我的世界里留下了印记，并使内在的自我发生了改变。”

“内在的自我发生了改变？”我重复道。

“马丁先生就是你生命中的一颗珍珠。”他举例道，“他是世界给你的一块瑰宝，即使过了很多年，也依然被你保存下来……这就能证明他是多么闪耀的一颗珍珠。时间没有夺去他的光芒，也没有夺走他留给你的那种强烈的感觉。”我对他的例子表示感谢。

我仔细地看着那面墙。

我无法告诉你们乔治的那些珍珠中哪颗最耀眼，它们全都是不同肤色、不同性别和不同年龄的珍珠。我喜欢这样看着它们……

我不知道我静静地看了那条珍珠项链多久……也许是十分钟，也许是十二分钟……

在那些面孔和眼神中，有些释放能量的东西。

我笑了。

“他们身上有能量，对吗？”

他也笑了。

“有很多能量。他们中的三颗拥有超过珍珠的能量……就是我在船上跟你说过的那种你必须找到的能量……他们的灵魂会成为你灵魂的基石。”

“真的吗？”我被这种定义迷住了。

突然间，我记起马丁先生去世时发生的事。也许在那时，他的灵魂变成了我灵魂的一部分……我无法确定。

乔治继续说：“随着时间的推移，有些珍珠会变成钻石。每八十或九十颗珍珠里会出现一块钻石……这么跟你说吧，钻石就是在所有你遇到的人中，成为了你生命中最重要的基石的那一个，他就好像是因为你而被创造的……”

我明白他的话，可是我脸上的表情却恰恰相反。他继续给我举例子。

“这些钻石就好像你的碎片一样。”

“碎片？”我被勾起了兴趣。

“是的，从理论上来讲，我们都是碎片。”

“是什么的碎片？”

“每一个完整的灵魂都被分成了四块碎片，分散在四个人的身体里……他们分布在世界的各个角落，随着时间的流逝，你会一个接一个地找到他们，生命的意义之一就是去寻找那些碎片。当然，他们会有一些标志，让你不会弄错。”

“是怎样的标志呢？”我问道。

“某种能够把你们联系在一起的标志，可以是非常简单的东西……”

就在那个时候，我想到乔治和马丁先生，也许他们就是我的碎片，我的钻石，我灵魂的一部分……

我没有对他说出我的想法，也许是因为只有十三岁的我已经过早地拥有了四块钻石中的两块……但是我问了他另外一件事。

“当你遇到第四块钻石的时候会发生什么呢？”

他想了一会儿，可那对我来说实在太久了，我已经迫不及待地想知道问题的答案。

“我不知道……但是我确定会有事情发生。”

我觉得他在骗我，可是我不敢再问他。我们回到洗照片的托盘那里，照片上的图像如同被网住的鱼一般呈现出来。

除了最后的那两张，其他每张照片中都有同一个女人。

那个女人望着他，而他就在她的身边。

我永远也忘不了乔治在看那些照片时脸上挂满的思念，其他任何人回忆过去时所流露的表情都无法与之相比。

“她是一颗珍珠吗？”我问道。

“她是一颗未经打磨的钻石。”他笑了，“她很多年前就离开了，我到现在都还没有勇气看这些照片。”

他沉默了，接着，他走到屋子中央挂拳击袋的地方，轻轻地抚摸着它。

“你知道这个拳击袋里有什么吗？”他边抚摸边问。

我摇摇头。

“珍珠的碎片。当他们中的某个人离开我的世界时，我会把他的衣服或是对他有意义的重要物品塞进拳击袋里。”

“这里面有很多属于她的东西。”

“有时我愤怒地击打这个拳击袋，有时我抚摸它，有时我跟她和其他离开了我的人留下的碎片跳舞。”

然后他就跳起舞来，这让我记起马丁先生和他的人体模特。能目睹一件趣事在别人身上展现出来的震撼力，那再美妙不过了。

他与那个装满他生命中珍珠碎片的拳击袋跳舞，那里也装着他爱过的人留下的足迹。我有些嫉妒，因为在那个时候，我还没有喜欢过任何人。

耳畔响起的音乐是天花板与挂钩之间的摩擦声和冲印室里红色灯泡发出的嗡嗡声。

我嫉妒那个男人拥有如此具有张力的生命，这时的我只能靠近他，和他一起跳起舞来。

我们就这样跳着舞，中间夹着那个美丽、奇怪而又充满生命力的红色拳击袋。

我向你们发誓，我曾经试着跟所有与我亲近的人跳舞，而那种美妙的感觉却再也不曾有过。

指尖与红色拳击袋接触时所产生的摩擦以及它的“心脏”传递给你的能量，足以抵达你的每根神经，那种感觉是无可超越的。

我们的指尖轻轻摩擦着，拳击袋将六十三岁的乔治和十三岁的我联结在了一起，而半个世纪的阅历却又将我们隔开。

如果那个时候警察来找我，他们一定会把乔治抓起来。有的时候，画面无法解释一些感觉和现实。

就好像我们眼中嵌有钻石的拆信刀，在陌生人眼中，就只是一把镶有假饰品的普通匕首。

我们跳了很长时间，最后停下来时，我看了他一眼，然后抱住了他。

“你必须回家去，你知道的，对吗？”他悄声对我说。

我带着迷茫的眼神点了点头，可对于他要求我完成的事，我还是有些抵触，我觉得我们还需要一起生活一段时间。

“我们还有两部电影没看，您还要教我做运动，我们还要玩彼此交换的游戏，还有您说过要和我一起度过改变我一生的三天……”我就像是个想要得到一切的小孩子。

他笑了。

“如果你愿意，在你走之前我们可以再看一部电影，然后我训练你做两小时的运动。”他继续寻找解决问题的方法，“至于游戏，我确定你能找到比我更好、更合适的人选……而那三天永远超越不了刚才我们跳舞的十分钟。衡量生命张力的不是时间，而是每个人心中的激情……”

他取出刚刚洗好的一张照片，上面的女人神秘又迷人。接着，他把照片嵌入他的珍珠照片集里，那是个与现在相隔很远的年份。

之后，他又取出为我拍的那张照片，然后放到属于现在的位置。我是他今年的第一颗珍珠……我为此感到很开心。

我把我为他拍的照片收了起来，可以确定，我找到了另一颗钻石……

他履行了自己的诺言，这一点我不曾怀疑过。

他连续训练了我两小时。首先，他教我如何活动脖子。“一切都要经过脖子……”他对我说，“如果你的脖子活动得好，整个世界都会变得更好，它与你的身体和精神是紧密相连的……”

他还与我谈论我们懒惰的躯壳，因为躯壳不想改变自己，所以对于一切迫使它改变的行为都会排斥。

“你应当与你的身体做斗争，应该让它知道你所做的一切都是为了它好。身体是我们最大的敌人，但也是我们最好的盟友。”他对我解释道。

“它会抱怨，可那只会持续四五秒。

“你要记住，疼痛是暂时的，它亦敌亦友。”

忽然间，在那番激励人心的关于肉体和精神的教导之后，我说出了那句我有生之年都没想过会说出的话。

这太不可思议了，特别是发生在你觉得永远都不会说出口，并且已经对自己承诺过，发过誓的时候。可是就有那么一刻，你还是会想把它说出来。那是一种奇怪且欣喜的感觉，非常奇怪，而又欣喜若狂……

“我是侏儒。”

他什么都没说，然后从上到下看了我三次。

“你想摆脱它吗？”他问我。

我对他的反应感到既吃惊又兴奋……我决定回答他。

“我想，我妈妈在世的时候我就答应过她。我的父母也是侏儒，但是他们对此很自豪。妈妈怀我的时候就觉得我会是个巨人。有一天我对她说：‘我要为你长高。’她开心极了，然后身上所有的汗毛都竖了起来……我确定她的汗毛真的是因为我才竖起来的！”

眼泪滑过我的脸颊，而我甚至不知道它是何时夺眶而出的。

我的眼泪没能感动他。

他继续严肃地望着我，好像一点也不同情我的伤心。他不想仅仅只是安慰我一下，而是给了我一个永恒的忠告。

“小丹尼，在这个世界上没有什么事是不可能的，没有。如果你想长高，你的身体就会长高，因为它是你的盟友，但是这样一来你就必须放弃以前生活在你身体里的自己……否则你内在的自己就一直都是侏儒，一个寄居在巨人身体里的侏儒……”

他叫我“小丹尼”……我感觉他这番话与先前马丁先生对我说的那些我没弄懂的话不谋而合。他说这话时的声音、力度和节奏，与马丁先生临终前一模一样。

就好像在译制一部外语片。马丁先生临终前所说的那些含糊不清的语言，现在好像都被乔治掌握，然后翻译出来……

“一个寄居在巨人身体里的侏儒。”我一点都不觉得奇怪，我想那就是马丁先生希望我听到的最后一句话……我觉得自己终于完整了。

“您到底是谁？”我问他。

他笑了。

“一个住在胆小鬼身体里的斗士。”

我没问他这样解释的原因。后来我们一起上到了一层。毫无疑问，这就是我那次离家出走的结局，是我逃跑的终点……他给了我坐轮船回去的费用，我把马丁先生写着卡普里赌场轮盘密码的纸送给了他。按照密码，他应该投注十二号和二十一号。我不知道他会不会去投注，也不知道那密码到底管不管用，可是我确定那张密码纸可以抵上一张回程的船票。

当我们告别时，街上传来乐队奏乐的声音……那天正好是卡普里的节日。

外面传来当地节日的美妙旋律，我们却在沉默中道别。

两种截然不同的状态产生了奇妙的对比，屋里充斥着思念之情，屋外却弥漫着富有感染力的欢乐。

我离开了，我不紧不慢地跟在那支乐队后面一直走到了岸边。他们陪伴着我，我也需要他们，因为我不想再让自己迷路……

从此以后，我再也没有见过他，但是后来我收到了一封律师信，信上说他已经去世。我再次心如刀绞，仿佛我们两人的灵魂早已融为一体，也许那就是他想要的吧。

律师信里附了一张他专门写给我的便条……上面写着：“我的儿子就在另一个儿子的身体里，如果你想要，他就属于你。”看到那些字的时候，我痛哭流涕。就像他跟我保证的那样，我长高了……我长高了很多，变成了母亲一直期待的那个巨人……但是我的内心，也如同他预言的那样，依旧是一个侏儒……我记得离开卡普里的时候，我认为自己不会再回来……

“不要回到你曾经开心过的地方……”歌里是这么唱的……真讽刺……

18. 侏儒长成了大人

我又回到了卡普里……轮船驶进港口，这一回，没有可以任由我击打的拳击袋，也没有乐队让我跟随。

事情已经过去了二十七年。这一次，是我要去寻找另一个迷失的孩子。

我不想让自己太激动，但是我抑制不住。再次踏上这座岛是我曾经以为永远都不会实现的梦。

侏儒长成了大人……侏儒长成了大人……

那位父亲因再次踏上孩子失踪的事发地而垂头丧气，我却因故地重游而充满力量。

我们直接去了他家里，那地方离乔治家很远，地理位置截然相反。

他府邸的大门前站着一个年近百岁的老妇人。那时我还不知道，几小时之后，她就会问出我生命中最重要的问题，还会对我讲述那首叫作“如果你唤我”的波莱罗舞曲。

此时的她只是一个因孙子失踪而忧心的祖母。

我跟她打招呼的时候并没有怎么留意，但是她抓住我手的那种力度和我在十岁和十三岁时感觉到的一样……那是一种通过指关节直接抵达我灵魂的能量。

“如果你能找到他……”她说，“我会帮你找到自己。”

我不知道该怎么回答她，孩子的父亲把我从她身边推开。

“您别听她的。”他提醒我说，“她太担心孙子了。”

可是我信了她的话，并且认为她说的是对的……我一边看着她一边往家里走。

这时我才发现卡普里的力量。在这座岛屿上，有着某种吸引我和我的钻石的东西，它能帮我在迷失时找回自己……

我想去找乔治说的那个在另一个儿子身体里的儿子，可我知道现在不是时候。现在，我的生活、我的问题、我的伴侣都是次要的。

那个孩子才是唯一重要的，我向你们保证过我不需要金钱刺激。我在工作中一直都是好样的，当然，也只限于在工作中。

“您真的想看看他的房间吗？”那位父亲问道。

“我必须看看……这是最重要的，也是最基本的。”

我必须，我必须……当这个“必须”回归我的同时，也勾起了我对她的回忆。

她现在身在何处？

现在看起来，我不必再为她担心，但是我仍这样想……

我一直都认为我们还没有认识我们生命中最重要的那些人。由于他们不存在，我们就不用担心他们是否会被车撞到，是否失去了所爱的人，是否伤心，是否会被抛弃。

因为他们不存在于我们的世界中，所以他们的喜怒哀乐与我们无关，也不会影响到我们……直到我们认识了他们，他们的世界才与我们有了关联……

我发现这与我们失去的亲人一样，我们知道再也找不回他们，也就忘记去想他们会发生什么，会担心什么。我不喜欢这样，人们这样做是为了苟活……而我不想苟活。

我们来到那个孩子的房间。看到他的房门时，我心头一震。门上挂的牌子写着他的名字——沂杉……这个名字瞬间刺痛了我的心脏。

我全身的血液仿佛都在踏入房间的瞬间凝固了。繁星和星球

⚓ 在梅诺卡岛的那晚，她说希望孩子能喜欢繁星和星球，希望他的房间变成一个宇宙。

而那只是对着梅诺卡岛的大风许下的一个愿望。

难道那阵大风刮到了卡普里，然后把一切都变成现实了吗？

的照片占据了房间的天花板和墙壁……

进入那个房间就好像进入宇宙一样。

“沂杉很喜欢宇宙。”那个父亲说。

他喜欢宇宙。又有谁不喜欢呢？那个父亲关上灯，房间里瞬间出现一幅令人惊叹的荧光画。

身在房间中的我仿佛置身于宇宙的中央。我的汗毛一下子竖了起来，这次是真的，不是我耍的手段。那里所有的一切对我来说都太……

他叫沂杉，他喜欢宇宙……就差再配点音乐了……

我打开客厅里那台古老的留声机，音乐响了起来，预料之中，是那首*The Show Must Go on*，这是皇后乐队为激励其主唱与病魔抗争所写的美妙音乐。

我知道这也许只是巧合，但是所有这一切对我来说都太不可思议了，因为这三种巧合属于我和她共同的世界。

最主要的是，属于我儿子的世界。

是的，在那个房间里，当灯光熄灭，所有星体都围绕着我旋转的时候，我终于可以敞开心扉跟你们谈谈我的儿子，那正是我们分手的原因……

即使我不想承认……

19. 当寻找变成狩猎

一开始我就对你们说过，分手的理由可以有很多种。我并没有骗你们，真的，真的有很多……

可是总有一个理由是最主要的，一直都是如此。我们十三年的恋爱关系中一直都有一个孩子的存在。我是在二十七岁那年认识她的。

我知道我应该对你们坦白一切，可是那对我来说很难。

我不知道该从哪儿开始……

我知道自己正待在卡普里岛的一个失踪孩子的房间里，但是我的大脑让我觉得，我所在的房间是我那个未曾出世的儿子的房间。

我们想给他取名沂杉。那是我和她一开始就想好的名字，当时我们不假思索地达成了共识。那是在梅诺卡岛的一个清晨，那时我们在一起已经三年了，并且想有个孩子。

我们想给孩子起一个接近沙滩和灯塔的名字，所以一下子就想到了沂杉。不可思议的是，我们竟异口同声地说了出来。

自从那次的巧合起，我们就开始幻想他会是一个怎样的孩子。

我记得那天，岛上刮起了一阵奇怪的大风。我们的主意，我们的幻想，仿佛都被大风带走，被大海吞噬。

我忘了是我们中的谁觉得，把孩子塑造成我们所期待的样子还挺不错的，并希望这阵大风能让我们的梦想变成现实。

情侣间的那些事，恋爱中的情侣的那些事。我喜欢情侣之间的这些小秘密，因为它们是独一无二的，谁也偷不走……

我知道我跟别人不太一样，有时不善于表达……

但是当谈及她，谈及我们关系的破裂，谈及沂杉，那个我未曾拥有过，只是凭空想象的孩子时，我会感到十分痛苦……

在那个梅诺卡岛的海滩上，我们计划着生一个完美的宝宝。我们想着沂杉在两年之后就会来到这个世界上……可是他从未出现。

在梅诺卡岛的那晚，她说希望孩子能喜欢繁星和星球，希望他的房间变成一个宇宙。

而那只是对着梅诺卡岛的大风许下的一个愿望。

难道那阵大风刮到了卡普里，然后把一切都变成现实了吗?

那个失踪孩子的年龄跟我们想象中的沂杉一般大。

我已经无法清楚地记得我们讨论这个孩子的时候都说了些什么，只记得说了很多很多……

唯一记得的事情是，我说我希望他以后能有一台留声机，当他听到*The Show Must Go on*这首歌时会喜欢得不得了，因为那是我最爱的歌曲之一。

我一直都希望我们的儿子喜欢我们的世界，无论是私人生活、工作，还是音乐品位，我们都希望他能跟随我们的脚步。

但是沂杉从未来到这世上，从来都没有……这就是我们之间最大的问题。传统的方式没能让她怀孕，后来的几年里，我们尝试了各种手段，可是依然没有任何结果。

慢慢地，这件奇怪的事就变成了一块心灵上的创伤。随着时间的流逝，做爱变成了一项任务，只是为了要生一个孩子。

我们开始做检查，改变作息习惯。最后，我们决定去查一下到底是谁有问题。

问题……仿佛问题都很容易解决……有些情侣会跟你说他们

没有问题，也没有为孩子的事情发愁……

而与此同时，我们却连我们的问题出在哪里都不知道，寻找问题仿佛变成了捕捉问题。

结果显示，我们俩的身体状况都很好。医生提醒我们说这可能是心理原因导致的。

那次本来是为了帮助我们的诊断却让我们产生了奇怪的念头。为什么我们生理上都没有问题，竟因为心理而无法生孩子呢?

如果不是心理问题，如果是我们其中一个人的错，那么一切都会迎刃而解。

错的那个，也就是生育能力不强的那个，一定会有十分糟糕的感觉，那么另外一个人会不惜一切代价来拯救他。

若能如此，夫复何求……可是如果受苦的是两个人，就像我们这样，谁能来拯救我们?

那些年我们过得很糟糕。性爱变成了一种需要借助排卵期注射和其他特殊手段的任务。

我们试过所有可行的办法，也打破了所有陈规。而剩下的机会和可使用的治疗手段都越来越少。

从最简单到最复杂的手段，从传统的做爱方式到把自己的精子和卵子送到研究所，让它们在里面配对，我们都尝试过。

我们企图创造一个没有我们陪伴的生命。

但是那次也失败了。

试遍十五种可行的方式和三种不同的手段之后，我们只剩下最后一种可能成功的机会。

性爱已经不复存在……在这五年的时间里，把自己的精子送到实验室，几小时之后去拿关于精子速度、质量和数量的报告已经成为了我的一种习惯。

这些事对我来说很艰难，对她来说则更甚。增加体重，失败，接受植入受精卵的手术，再失败……这些方法的副作用数不胜数，每次提到它们时我都会崩溃。

在最后的那段日子里，我们仍然继续做着实验，可是彼此之间已经不再谈论这个话题，那已经变成了我们的禁忌。

即使是用这些方式得到了孩子的父母也绝不会谈及自己走过的那个十字路口。

所以我们就这样斗争着，与只有我们自己能看到的假想敌斗争。

另外，我还要补充一点，有孩子这件事一直让我很为难。我想象着自己可能会生出一个侏儒，而这样一来我就会非常痛苦，因为就算我不在乎，这个世界也毕竟不是为矮个子而创造的。

一切都那么高，让我们根本够不着。

我猜你们会认为这些话打破了我之前跟你们交代的一切，而我要说的是：你们可以这样理解，但也不尽然。

曾经发生过一件事让我重新想起了被埋藏在记忆深处的马丁先生和乔治……我曾经遗忘过他们，他们存在于我十岁和十三岁的记忆中，而那些记忆，随着我长高也慢慢远去，最后消失……不再是侏儒的我失去了他们，他们和儿时的我一起被遗留在记忆深处……

可是当那件事发生时……那些珍珠、一次成像照片、轮盘与人体模特和拳击袋跳舞的片段全都回来了……时间居然能够不可思议地把曾经属于我的这一切都带走……

那件事就是，我们用到最后一剂药时，医生告诉我们，她怀孕了。那是我们生命中最快乐的时刻，我们为之疯狂。于是我们重新有了性生活，属于我们的性生活……

可是六个月后我们就失去了那个孩子……我们也不知道为什么。这种事时有发生，我们还剩最后一种可能。医生认为，虽然这是一次不幸，但至少证明了这种孕育方式是可行的。于是我们决定再试最后一次，但是他告诉了我们一件事，让我始终无法平复。他说流产的那个孩子是个侏儒……这绝不是我所期待的……那是一个沉重的打击，我不想自己的孩子是个侏儒。

也就是在那个时候，我又“变回”了侏儒，我又记起儿时的那两块钻石……他们的叮咛和谆谆教诲让我长高了，可是我的儿子却没那么走运，也没能遇到让他重建信心的珍珠……那件事超越了我能承受的极限……所以我决定不再继续接受诊治……虽然我们还有一次受孕的机会，但我不想继续下去了，我不想再要孩子了，我清楚地明白我们不可能会成功……要知道，在试了十四次之后，成功怀孕的概率是微乎其微的。

我的消极为故事画上了句号。从那时起，维系我们关系的一切都崩塌了。作为伴侣，我们是失败者。

我把一切都倾注在工作上……倾注于寻找那些孩子……

你知道那种周围的一切都与你背道而驰，和任何人在一起都不舒服，什么都不想思考的感觉吗？我当时就处于这种迷失的状态，觉得什么都无所谓，世界上的一切都不再重要，这种感觉只有经历过的人才懂。

她因为我去寻找别人的孩子而抛弃了我。就是那天你们看到的那样，她清空了所有的抽屉，然后离家出走。那是她对我下达的最后通牒……要么生一个我们自己的孩子，要么她就离开。而我对她说，我不想要孩子了……

当她离开我时，我又“变回”了侏儒，我必须得回到起点，回到那个有乔治和马丁先生的地方。因为有他们的存在，我才能开始重建自我，没有他们，我会崩溃。

在沂杉的房间里，我重新体会到失去儿子的感觉，看到我们的梦在这里变成现实，我被伤得很深。

“您现在想读一下绑架者的那封信了吗？”那位父亲问我。

我知道我应该再次遵循“必须”的指示去做，因为它不会跟我妥协。我应该集中精力去寻找那个失踪的、让一家人都伤心的沂杉，然后忘记那个离我远去的、代表我恐惧的沂杉。

20. 做自己，还是成为别人眼中的自己

我又一次站在那个空房间的中央，感受着双重打击。

成为失踪儿童的那段经历要求我仔细地审视整个房间。我坐在床上，那个父亲把一封信递给我。写信人用的是Arial正体十二号字，这种信我以前见过很多……

信上没提赎金，只是要求尊重和公开澄清，让身为法官的父亲向媒体解释错判了他。这倒是很新鲜。我继续读信，信上说他们在没有任何证据的情况下就判定他犯鸡奸罪，而且入狱八年，这完全不合理。字里行间溢满了情感。

我看了一眼那位父亲。

“有这么个人吗？”

那位父亲把此人的档案递给我。

“您真的没报警吗？”我问道。

“信上说，如果我报警，就杀了我儿子。”他回答的时候几乎不看我的眼睛。

我继续读信，内容正如那个父亲所说，那个警示也非常清楚。

信上还写着，只有公开澄清，他才会放了那孩子。否则，他就会让判决成为现实，而沂杉就是这次犯罪的受害者。

我把那句威胁的话读了两遍，由于那部分实在让人震惊，我又读了第三遍。我没有对那位父亲说什么，这是个令人伤心的话题。

我拿起档案，打算看一眼他的照片，结果发现，那个鸡奸者的相貌真的很普通。此外，档案里还有原告孩子的照片和他报案的内容。

据那孩子所说，那个男人在他负责维护游泳池的学校里侵犯了他。这件事从发生到现在，已经过去了八年。

“那个孩子说的是实话吗？”我想问一下那个法官的意见，而他只是点了点头。

“您如何能确定呢？”我坚持问道。

“根据孩子对细节的描述……他的眼神……他的恐惧……所

有的证据都显示那个人性侵了他。”

“您有没有考虑过公开澄清这件事？”我询问道。

“不，我不能这样做，这是对那孩子的不尊重……”

“我能跟他聊聊吗？他还住在卡普里吗？”

“难道您要相信一个鸡奸绑架者？”那位父亲生气地反问。

“不，但是我至少应该按照他提议的去做。”我读了信上的一部分内容，“你们跟尼古拉斯谈谈，问问他为什么要撒谎……”

那位父亲过了很长时间才回答我，他一点都不喜欢我的提议。

“那好吧，我来安排您和他见面，我跟您一起去。”他补充说。

“最好是我自己去。”我回答。

他没有再坚持，他方寸已乱……我窃喜，因为我不想跟那个孩子聊天时，旁边还站着一位父亲和法官。

“我给您配一辆车，然后告诉您孩子父母的住址。您熟悉卡普里吗？”

我点了点头，我对这里略知一二。走出那个房间的时候，我想把房门关上，可是那位父亲却阻止我这样做。他希望孩子回家的时候，房门依旧是敞开的。他对这些细节的考虑让我感动，我顺手把信还给了他。

“您知道现在离他要求的公开道歉的期限就只有两小时了吗？”他的问题中夹杂着一丝对未知后果的恐惧。

“我知道，我知道……”

上车后，我把地址输入卫星导航系统，摸了一下那两枚戒指，然后启程去找那个少年。我能肯定，他也是一个迷失的少年。

那位父亲隔着屋外的栅栏望向我的时候，我能感觉到，他的恐惧比那个等待切除扁桃体的小孩要多几千倍……同时，我还能感觉到那个老妇人，以及她透过远窗所释放的能量。

我必须跟那个知道所有答案的少年谈谈，要知道，如果他说了谎，那个孩子就危险了。

我肩负着责任，同时也感到害怕。要在两小时内让一个少年坦白他隐藏了八年的谎言实在是太紧迫了。此外，我可以断定，那个谎言之上必然覆盖着更多的谎言。在前往那个少年家的路上，我想给她打个电话，告诉她我已经找到了那个我们用风创造的孩子，可是我不能这样做……

我发现，这是我人生中第一次没有去翻被绑架的小孩的床头柜……

我不再去想自己的事，专心考虑案子。在这个紧张的时刻，这个案子仿佛变成了一个游戏，一个与时间赛跑的游戏……我必须在一百二十分钟的最后通牒来临之前想到可行的方案……否则，会发生我绝不希望发生的事……

我突然想到了一个主意……虽然奇怪但可能管用，于是我打电话给那个法官。

“请让那个孩子在家门口等着我，我们要去一个地方。”

希望我脑海里酝酿的是个好主意……但愿如此……

加速行驶的时候，我知道我把一切都赌在了这唯一的一张牌上……也许这就是马丁先生所说的，我可以尽情享受的游戏……

希望这个方法能奏效……我继续加速……

21. 两个儿子

我在一间白色房子前接到了尼古拉斯，他还不到十五岁。被强奸的时候，他应该只有七岁。

他看了我一眼，什么话都不说，不情愿地上了车。也许沂杉在被带走时，也会有被强迫的感觉吧，我突然觉得自己好像一个绑架者。

他坐在副驾驶的位置，仍不理我，我也没跟他讲话。他是个有一头金发的瘦高男孩，长相相当帅气，坐在车上的他时不时看我一眼。

我一直向脑中所想的目的地驶去。我需要去一个让他感到陌生的地方，一个远离他和他父母势力范围的地方……我确定我知道一个这样的地方。

我还知道，当他走进那里的时候，他就会愿意跟我说明一切，我可以从他散发的能量中感觉得到。但愿望和直觉是截然不同的……和你自己的身体作对是件很难的事情……

我们继续保持沉默……我能感觉到光阴的流逝……我想着沂杉，也希望自己的主意能奏效……

最后我们终于到达卡普里岛的灯塔，那是马丁先生最喜欢的儿子。我们从车上下来，少年远远地跟着我。靠近灯塔的时候，我发现那里的门是开着的。

我走进灯塔，然后取出我认识的那个最宝贵的物品——那个红色拳击袋，那是乔治的儿子。他没有骗我："我的儿子在另一个儿子身体里。"我不知道他是如何得知那座灯塔就是马丁先生的儿子，但我一点也不觉得奇怪。

"这个拳击袋属于一个对我来说很重要的朋友。"我对那个少年说，"他曾经对我说过，它可以用来做很多事，不过最重要的作用是让人释放愤怒，变得勇敢。

"我这一生中认识过两个很特别的人，他们组成了我生命的一部分，而我觉得这都是为了让我今天能和你待在一起。

"有的时候，世界看起来很复杂，就像是缺了一块的拼图。

"可是尼古拉斯，你听我说，我得找到那个叫沂杉的孩子……

“我不认识他，可是我认为这个孩子，是很久以前在某个岛上，我和一个几小时前与我分手的女人一起创造出来的生命……有个百岁老妇人叮嘱我，只要我帮她找回她的孙子，她就会帮我解决我的问题……

“我不会问你任何问题，不会审你，也不会罚你，我只要你用力击打那个拳击袋。”

那个少年什么都没说，一个字都没说。

我把拳击袋挂在灯塔的门前。两个魔法般的生命终于走到了一起……要做的只是等待，等待魔法发挥它的作用……

那个男孩看了我两回，貌似不想按照我的话做。

可最后他终于朝拳击袋的方向走去。

我能感觉到他的思维，感觉到他如何找寻怒火，找寻他的恐惧，找寻他的问题……接着，他开始击打它。

第一拳不是很用力，但他在慢慢加大力道。

我知道，那个少年挥舞的每一拳都让我回想起当年在船上的自己。他一定会感受到那个拳击袋是怎样吞噬了他的怒火，最后让他得到内心的平静。

拳击袋、灯塔和卡普里的夕阳交织在一起，画面美得令人惊叹。我看着他不停地打出勾拳，动作中带着舒畅的叫喊。

那个孩子在和自己搏斗，而我只是站在一边默默地看着，任凭时间流逝。

我知道这种方式会让他说出真相。

最后，他终于崩溃了。

他开始哭泣，大声地哭泣……一边含糊不清地说话，一边低吼，一边再次击打拳击袋，就好像在跟它跳舞。

我能感觉到几年前被隐藏起来的那个谎言让他并不好过，现在，他所有的痛苦都溢了出来。

终于，我抱住了他，我能理解他的心情。从某方面来说，我和他的感觉是一样的。我们都迷失了自己，都在逃避现实。

我不想知道得太多，也不需要问他为什么这样做……只想给他很多的关爱……

我给那位父亲打了一通电话，让他赶紧在报纸上澄清一切。我知道，当那个男人看到消息后就会放了沂杉，而且不会动他一根汗毛。我确定他会遵守自己的诺言。

现在我唯独缺少的是勇气。因此，我必须跟我的第三颗珍珠、第三块钻石、第三股能量以及第三个信使好好聊一聊。

那位百岁老妇人将会照亮我的生命……

22. 你若唤我……我这就来

第二天早晨，沂杉还睡在自己的床上，我和那位百岁老妇人待在花园里，那里的树木几乎和她一样长寿。

也就是在那里，在那个草坪上，在卡普里上空布满云彩的地方，她问出了我之前跟你们讲过的问题：“难道你不想在生活的方方面面都感到快乐吗？难道你就必须接受那些不悦之事吗？难道你宁可放任自己的生活随波逐流也不愿意掌控它吗？你到底想不想掌控你的生活？想不想主宰你生命中的每个时刻？你想吗？”

我兴奋地点了点头，希望她能为我在崭新的世界里画出一条道路。

我已经从那辆蹬了数年的自行车上下来了，我仅仅有两颗珍珠、一个诠释我生命的职业和一段因不想要侏儒孩子而破裂的关系。

我迫切需要她的忠告，需要我眼中那个美丽女人给出的忠告。

其实根本无须她告诉我，我也知道，从生命中的此刻算起，我只能再走两年多。我永远也活不到乔治和马丁先生那么大岁数。

这也是另一个我钦佩他们的原因。我觉得每一个能活到六十岁的人都值得钦佩，因为能活到这个年纪本身就已经是一种勇敢的行为。

我一直都在想，如果我们那么容易就能从游戏中退出，那为什么还要玩呢？我有种感觉，那个女人能读懂我的心思，或许这是从她专注看我的那双眼睛里流露出来的吧……我知道她有无穷的智慧，也希望她能跟我分享这些智慧。

“我要对你说的是……”她说话的声音很低，我必须靠得很近才能听见，“只有把我的建议当成你生命的指南针，它才会管用。如果把它与其他的哲学或理论混为一谈，那么你什么都得不到。”

我听话地点了点头。

“只有两点。”虽然她升高了语调，可我还想待在她身边，“首先，你要记住一个简单的道理，爱永远比被爱更加珍贵。”

“爱可以转动世界停止世界。享受被爱而不去爱，最终你会沉睡。”

她在卡普里天空亮起的那刻停了下来，而我甚至都没有闪过看风景的念头。我一生中总是任由自己去爱，但也许仅仅这样还不够。

“第二点，也是最宝贵的一点。如果你想在生活中继续前进，就必须要意识到，从小到大，我们一直在回答一个问题：我喜欢什么。

“我喜欢什么口味的食物，喜欢什么风格的衣服，喜欢什么类型的玩具，喜欢学习哪方面的知识，喜欢从事什么领域的工作，喜欢和什么样的人交朋友，喜欢怎样的爱情，喜欢哪种性爱方式……

“这句‘我喜欢什么’标记了我们的世界，让人觉得我们喜欢的东西能为我们指引方向。但你要知道，事实并非如此。我们所喜欢的或不喜欢的，都不是我们要走的道路。有的时候，那些我们觉得无所谓的，虽不能点燃激情却也不讨厌的东西才是真正的方向。

“你需要明白一点……你必须相信你自己，而不是你喜欢的东西……决定你要走哪条路的也不是你喜欢的东西，而是你自己本身……”

说完这些之后，她再次拥抱了我，然后一边哼着那首“如果你唤我，我会放下一切……但你要开口”一边朝家中走去。路上，她点起一支烟，我向你们发誓，她让我想起了马丁先生在赌场爱过的那个女人……无论是在近处还是远处，她们都如此相像……也许那个女人就是她。

我知道她的两句忠告将会决定我的余生，但我还不着急按照她说的去做。在这之前，我想看看布满云彩的卡普里，然后再决定我的道路。

我发现沂杉正趴在窗户上看着我。我转过头，跟他打了个招呼，他也挥挥手回应我。

这一刻，我好想拥有自己的沂杉。我会很爱他，也许比任何人对我的爱都要多。

我不介意他是什么样子，不介意他的身高，也不介意当我看到他时会想起什么……我喜欢什么和不喜欢什么都已经不再重要……他人的评论也不会再影响我……

我拿起手机，给她发了一条信息：“我想要沂杉……没有你，没有他，我无法生活下去……”

我等待她的回复。

两分钟后我等到了。信息传来的声音与这里的黎明遥相呼应，那是她喜欢的电影原声带中的曲子。

她的回复是：“你当然可以……”

我笑了，在这次出逃快结束时，她终于肯再次使用我们特有的沟通方式。

也许这才是逃离的终点，而不是多年前我离开卡普里的那次。

我笑了，急切地回复她的信息……

“我可以，但是我不想……为什么你不来卡普里呢？你应该来见一见我们用风创造的沂杉，见一见那个爱上女操盘手和人体模特的男人最爱的灯塔，见一见在岩石地下室里冲洗出来的珍珠和钻石，见一见装满了生命碎片的拳击袋，见一见那位唱着‘如果你唤我，我会放下一切……但你要开口’的百岁老妇人。”

这一次，我收发信息的时间几乎一致。当我的脸庞感受到梅诺卡岛吹来的那阵风时，信息在屏幕上亮起来，好像一声叹息。

“你若唤我……我这就来。”

我的生命重新开始转动……慢慢地转动。然后，我做了两件一直以来都想做的事。我把父亲的戒指戴在手上，然后拿起那个银质的灯塔，把带有单目镜的一面放到左眼的位置。我看着云海起伏，直到太阳出现。就在那时，我看到那个“MI”在我的食指上闪烁着耀眼的光芒。

我又找回了我自己，而世界，早已开始转动……

图书在版编目（CIP）数据

等你呼唤我的名字 /（西）阿尔伯特·埃斯皮诺萨（Albert Espinosa）著；马功勋译. — 长沙：湖南文艺出版社，2017.7
ISBN 978-7-5404-8088-2

Ⅰ.①等… Ⅱ.①阿…②马… Ⅲ.①长篇小说—西班牙—现代 Ⅳ.①I551.45

中国版本图书馆CIP数据核字（2017）第095665号

著作权合同登记号：图字18-2017-019

上架建议：畅销·外国文学

DENG NI HUHUAN WO DE MINGZI
等你呼唤我的名字

作　　者：［西班牙］阿尔伯特·埃斯皮诺萨
译　　者：马功勋
出 版 人：曾赛丰
责任编辑：薛　健　刘诗哲
监　　制：吴文娟
策划编辑：宋　歌
版权支持：辛　艳
营销编辑：杜　莎　李天语
内文绘图：黄雷蕾Linali
版式设计：李　洁
封面绘图：周　游
封面设计：ABOOK殷舍
出版发行：湖南文艺出版社
（长沙市雨花区东二环一段508号　邮编：410014）
网　　址：www.hnwy.net
印　　刷：北京嘉业印刷厂
经　　销：新华书店
开　　本：880mm × 1230mm　1/32
字　　数：100千
印　　张：6.5
版　　次：2017年7月第1版
印　　次：2017年7月第1次印刷
书　　号：ISBN 978-7-5404-8088-2
定　　价：36.00元

质量监督电话：010-59096394
团购电话：010-59320018